Pequeños crímenes conyugales

Eric-Emmanuel Schmitt

Pequeños crímenes conyugales

Versión de Juan José de Arteche

EDITORIAL ANAGRAMA
BARCELONA

Título de la edición original:
Petits crimes conjugaux
© Éditions Albin Michel, S. A.
 París, 2003

Diseño de la colección:
Julio Vivas
Ilustración: Bernard Giraudeau y Charlotte Rampling, en una escena
 del montaje teatral de la obra, dirigido por Bernard Murat, en el
 Theatre Edouard VII, París. Foto © enguerand.com, 2003

© EDITORIAL ANAGRAMA, S. A., 2005
 Pedró de la Creu, 58
 08034 Barcelona

ISBN: 84-339-7077-1
Depósito Legal: B. 33053-2005

Printed in Spain

Liberduplex, S. L., Constitució, 19, 08014 Barcelona

Al levantarse el telón, oímos ruido de llaves y cerrojos. Se abre la puerta. La tenue luz del descansillo nos permite ver las siluetas de una pareja. La mujer entra en el apartamento. El hombre, con una maleta en la mano, permanece en el umbral. Es evidente que duda en entrar. La mujer —CARLA— se precipita a encender todas las lámparas. Una vez encendidas, satisfecha abre los brazos y muestra al hombre el apartamento como si se tratara del decorado de una función.

CARLA: *(Preguntando al hombre.)* ¿Qué? *(El hombre —ALEJANDRO— niega con la cabeza.* CARLA, *inquieta, insiste.)* Tranquilo..., no te pongas nervioso..., procura concentrarte. (ALEJANDRO *mira con mucha atención todos y cada uno de los muebles. Tras una brevísima pausa, vuelve a negar con la cabeza.* CARLA, *al ver el gesto de* ALEJANDRO*):* ...¿Nada?

ALEJANDRO: Nada.

CARLA *no se da por vencida. Obliga a entrar a* ALEJANDRO. *Le coge la maleta y la deja en el suelo. Cierra la puerta.* ALEJANDRO *da la impresión de un ser desprotegido.* CARLA *le coge del brazo y le lleva junto a un sillón.*

CARLA: *(Mostrándoselo.)* Tú sillón. (ALEJANDRO *lo mira. No lo reconoce).* En el que tanto te gusta sentarte a leer.

ALEJANDRO: *(Vuelve a mirar el sillón.)* Por lo que veo me gustan las cosas viejas y en mal estado.

CARLA: Te he dicho mil veces que teníamos que tapizarlo, pero tú siempre me respondías: «Elige entre el sofá o yo.»

ALEJANDRO: *(Con curiosidad.)* ¿Qué tiene este sillón? *(Se sienta y da un pequeño grito de dolor.)* ¡Ay! *(Mira a* CARLA.*)* Aparte de tapizarlo, creo que uno de los muelles es más bien agresivo. *(Se toca la nalga.)*

CARLA: «El muelle intelectual.»

ALEJANDRO: *(La mira, extrañado.)* ¿Cómo dices?

CARLA: Según tu teoría, un sillón sólo es útil si es incómodo. A ese muelle que se te clava en la nalga izquierda le llamas «el muelle intelectual». El aguijón del pensamiento. El cilicio de la pereza.

ALEJANDRO: ¿Todo eso es este jodido muelle? *(Se vuelve a tocar la nalga.)*

CARLA: *(Sonriendo.)* Todo eso. *(Le vuelve a coger del brazo.)* Anda, ven y siéntate en tu despacho...

ALEJANDRO, *dócil, la sigue sin decir palabra.* CARLA *le muestra la silla para que se siente.* ALEJANDRO *mira la silla. Desconfiado, pasa la mano antes de sentarse. Tranquilizado, se sienta. Escuchamos un crujido. Suspira.*

ALEJANDRO: ¿No tendré también una teoría sobre las sillas que crujen?

CARLA: Por supuesto que sí. ¡Te niegas a que les ponga una gota de aceite! Consideras que cada crujido es como una señal de alarma que te ayuda en tu lucha diaria contra la indiferencia y la pasividad del resto de los mortales.

ALEJANDRO: Por lo que veo tengo teorías para todo, ¿verdad?

CARLA: Yo diría para casi todo. No soportas que ordene tu despacho. Al caos en el que amontonas tus papeles le llamas «orden clasificador histórico». Afirmas que una biblioteca sin polvo es la biblioteca aséptica de un burgués. Para ti las migas no son signo de suciedad sino la prueba evidente de que hemos comido pan. Incluso, últimamente, llegaste a decir que son las lágrimas del pan, que sufre cuando lo partimos.

En consecuencia, el sofá, las sillas, los suelos están llenos de lágrimas. Nunca cambias las bombillas fundidas con el pretexto de que tenemos que respetar el luto de la luz durante algunos días. *(Le mira.)* Después de quince años de vida conyugal y tras esforzarme mucho he llegado a resumir todas tus teorías en una sola: «¡No hacer nada en casa!»

ALEJANDRO: *(Esboza una tierna sonrisa.)* Debe ser un infierno vivir conmigo, ¿no?

CARLA: *(Sorprendida. Se vuelve hacia él. Breve pausa.)* Buena pregunta...

ALEJANDRO: Espero la respuesta.

CARLA *no dice nada. Al ver que él sigue esperando, termina por darle la razón, pero con cierta ternura.*

CARLA: Sí, sin duda es un infierno, pero a mí me gusta.

ALEJANDRO: ¿Por qué?

CARLA: Porque hace calor...

ALEJANDRO: En el infierno, siempre.

CARLA: Y, porque además, formo parte de él.

ALEJANDRO, *más tranquilo, mira a su alrededor y acaricia los objetos que están a su alcance.*

ALEJANDRO: Es curioso... Tengo la impresión de ser un adulto que acaba de nacer. ¿Cuánto?... ¿Cuánto tiempo ha pasado?

CARLA: Quince días...

ALEJANDRO: *(Extrañado.)* ¿Nada más?

CARLA: A mí me ha parecido una eternidad.

ALEJANDRO: A mí todo lo contrario. *(Para sí.)* Despertarme, una mañana, en el hospital, con la boca dormida, como si acabara de salir del dentista, con la cabeza vendada a punto de estallar. Me dije: «¿Qué hago aquí? ¿He tenido un accidente?» Y pensé: «Al menos estoy vivo.» Todas las mañanas, apenas abría los ojos, me tocaba el cuerpo como si acabaran de devolvérmelo. *(A CARLA.):* ¿Le he contado...?

CARLA: *(Corrigiéndole.)* Te he contado...

ALEJANDRO: ¿Te he contado lo de la enfermera?

CARLA: ¿Lo de la enfermera?

ALEJANDRO: Sí. Una enfermera abre la puerta. Pasa y me dice sonriendo: «¡Qué alegría verle despierto, señor Estrada!» Me vuelvo para ver a quién se dirige y descubro que estoy solo en la habitación. Ella insiste: «¿Qué tal se encuentra, señor Estrada?» Parece estar muy segura de lo que dice. Cansado, murmuro algunas palabras y ella se va satisfecha. Apenas ha salido, sacando fuerzas de flaqueza consigo llegar hasta los pies de la cama y veo que, en la hoja de control de la temperatura, está escrito el nombre de Alejandro Estrada. «¿Por qué me llaman así?» Por más que lo intento, Estrada no me dice nada. Tan sólo me vienen a la cabeza nombres como Mickey, Popeye, Blanca

Nieves... Entonces me doy cuenta de que no sé quién soy. Que he perdido la memoria. Mi memoria. Sin embargo, recuerdo perfectamente las declinaciones latinas, la tabla de multiplicar, la lista de los reyes godos... Me los recito a mí mismo y eso me tranquiliza. ¿Cómo voy a recordar la tabla de multiplicar del ocho, que según todo el mundo es la más difícil, y no voy a recordar quién soy? Pero no puedo evitar sentir un pánico atroz. Por eso quiero convencerme de que el vendaje que llevo en la cabeza me aprieta demasiado las sienes y comprime mi memoria; en cuanto me lo quiten, todo volverá a ser como antes. Mi habitación parece un aeropuerto. No cesan de entrar médicos y enfermeras. Les digo lo de mi amnesia. Les explico mi teoría del vendaje. Sonríen como las azafatas y no quieren contradecirme. Al cabo de unos días aparece otra enfermera. Una mujer muy guapa que no lleva uniforme. Me digo: «¿Por qué no llevará uniforme?» Ella no habla, me mira sonriente, me coge la mano y me acaricia la cara. Empiezo a preguntarme si no estaré en fase terminal y por eso me han enviado una enfermera muy especial con una misión específica: ayudarme a dejar este mundo con un orgasmo esplendoroso. Es entonces cuando la enfermera prostituta me dice, con la mejor de sus sonrisas, que es mi esposa... *(Se vuelve hacia* CARLA.*)* ¿Está usted segura de serlo?

CARLA: Segurísima.

ALEJANDRO: Y ¿no la enviaron para...?

CARLA: Tienes que tutearme.

ALEJANDRO: Usted no es..., tú no eres...

CARLA: *(Rotunda.)* Soy tu mujer.

ALEJANDRO: Me alegro. *(Pausa.)* Y ¿está... estás segura de que ésta es nuestra casa?

CARLA: No tengo la menor duda.

ALEJANDRO: *(Vuelve a mirar la habitación.)* No quisiera precipitarme, pero creo que prefiero a mi mujer que el apartamento. *(Los dos se ríen. De repente, se produce un cambio en* ALEJANDRO. *Se le nota que sufre.)* ¿Qué vamos a hacer?

CARLA: ¿Ahora? *(Sin esperar su respuesta.)* Instalarte. Y volver de nuevo a nuestra vida en común.

ALEJANDRO: ¿Y si no recupero la memoria?

CARLA: *(Conmovida.)* La recuperarás.

ALEJANDRO: Yo no estoy tan seguro..., se me ha terminado la dosis de optimismo...

CARLA: Te digo que la recuperarás.

ALEJANDRO: Eso es lo que llevan diciéndome desde hace quince días..., que sólo necesito un shock... pero yo la he visto a usted y no la he reconocido. Hemos venido a este apartamento y tengo la sensación de que es un hotel. *(Abrumado.)* Nada me resulta familiar. Aquí hay ruidos, colores, formas, olores, pero no significan nada para mí. En este pequeño universo lleno de cosas, todo es coherente, todo tiene sentido, pero yo no encuentro mi sitio en él. Todo es consistente, excepto yo. Soy un fantasma que no encuentra su castillo.

CARLA *se sienta a su lado y le coge las manos para tranquilizarle.*

CARLA: Tranquilízate... Recuperarás la memoria. Los casos de amnesia irreversible son muy raros.

ALEJANDRO: Por lo poco que sé de mí, yo diría que soy un tipo propenso a tener una reacción «rara». ¿No es así? *(Suplicante.)* ¿Qué va a hacer si...?

CARLA: *(Cortándole.)* ¡Tutéame!

ALEJANDRO: ¿Qué vas a hacer si no consigo encontrarme? No puedes vivir con un descerebrado, con un simio que es el doble de tu marido.

CARLA: *(Riéndose de su angustia.)* ¿Por qué no?

ALEJANDRO: ¡No si me quieres, Carla, no si me quieres! (CARLA *deja de reírse.*) ¡Sería como querer a un sobre vacío! ¡A un recuerdo que no recuerda nada!

CARLA: ¡Cálmate!

ALEJANDRO: Si me amas, me aceptarías desfigurado, lisiado, viejo, enfermo, pero con la condición de que fuera yo mismo. No un simple físico. Si me amas..., tú...

, molesta, se levanta y anda por la habitación.

ALEJANDRO: ¿Me quieres?

CARLA *calla mientras le mira angustiada.* ALEJANDRO *reflexiona mientras hace una pausa entre frase y frase.*

ALEJANDRO: ¿Soy un hombre capaz de querer? ¿Soy una persona amable? ¿Soy sólo eso... amable? Lo que sí soy es un desconocido. Incluso para mí mismo. Ni siquiera sé si me autoestimaba, si me sentía orgulloso de lo que era, me faltan datos para saberlo...

Se encoge de hombros. CARLA *se le queda mirando. Quisiera decirle algo pero calla. Pausa.*

ALEJANDRO: ¿Le quería?

CARLA: ¿A quién?

ALEJANDRO: ¡A él! ¡A mí cuando era yo! ¡A su marido!

CARLA: Tranquilícese.

ALEJANDRO: ¡Ah, ahora me trata de usted! Usted no es mi mujer. Será mejor que me vaya.

CARLA: Alejandro, tranquilízate. Me confundes con tus preguntas. Tratarte de usted ha sido un reflejo.

ALEJANDRO: ¿Reflejo?

CARLA: ¡Reflejo gramatical! Me tratas de usted y me hablas de él cuando en realidad eres tú. Si seguimos así, terminaré por no saber quién soy.

ALEJANDRO: A mí me pasa lo mismo.

CARLA: *(Intentando no seguir con el juego.)* ¿Qué me preguntabas?

ALEJANDRO: Si querías a tu marido.

CARLA *sonríe.* ALEJANDRO *está sorprendido de que ella no le conteste.*

ALEJANDRO: Si no le quería, ahora es el momento para librarse de él. Aproveche la ocasión de que él ya no sea él, es decir, que él sea yo, para librarse de él. Librarse de los dos. ¡Dígalo de una vez! ¡Confiese que ya no éramos felices!

CARLA *sigue sin decir nada.*

ALEJANDRO: Es eso, ¿verdad? Dígamelo y me iré. Ahora no me resultará difícil ya que no sé quién soy, ni quién es usted. ¡Es la ocasión ideal! ¡Por favor, dígame que me vaya!

CARLA *se acerca a él, asombrada de verle en ese estado.*

CARLA: ¿Has tomado tus pastillas?

ALEJANDRO: *(Irritado.)* ¡Mi dolor no se cura con pastillas! ¿Por qué todos tenéis la manía de obligarme a tomar una pastilla cada vez que trato de mostrar mis sentimientos?

CARLA: *(Riéndose.)* ¡Alejandro!

ALEJANDRO: Y para colmo te ríes de mí.

CARLA: *(Feliz.)* ¡Alejandro, es maravilloso! Empiezas a encontrarte.

ALEJANDRO: ¿Yo?

CARLA: Pero ¿no te das cuenta?

Gesto de ALEJANDRO.

CARLA: «¿Por qué todos tenéis la manía de obligarme a tomar una pastilla cada vez que trato de mostrar mis sentimientos?» ¡Ésa es una de tus frases fetiches! ¡Eres tú! ¡Vuelves a ser tú! Nunca has soportado a la gente que toma sedantes para huir de sus cóleras, de sus temores, de sus angustias o de sus preocupaciones. Tienes una teoría: nuestra sociedad se ha vuelto tan blanda, tan confortable, que intenta medicar la conciencia, pero, por mucho que lo intente, no conseguirá curarnos de ser personas.

ALEJANDRO: *(Agradablemente sorprendido.)* ¿Yo decía eso?

CARLA: Sí, y también decías que la sabiduría no consiste en dejar de sentir, sino sentirlo todo sin hacer nada.

ALEJANDRO: Así que tanto en las tareas domésticas como en metafísica, yo todo lo resumo en no hacer nada. *(Feliz de ver que está algo mejor,* CARLA *le da un beso en la frente.* ALEJANDRO *la coge del brazo y la besa en los labios. Temeroso, le dice en voz baja.)* ¿Nosotros..., físicamente..., nos entendíamos algo?

CARLA: *(También en voz baja.)* Mucho.

ALEJANDRO: No me extraña... *(Están pegados el uno al otro.)* Cuando dices mucho, ¿quieres decir intensamente o muy a menudo?

CARLA: Intensamente y muy a menudo...

ALEJANDRO: No me extraña.

Intenta besarla de nuevo pero CARLA *se separa.*

ALEJANDRO: *(Extrañado.)* ¿Por qué?

CARLA: Es demasiado pronto.

ALEJANDRO: Quizás me produzca el shock...

CARLA: A ti, no sé. Pero a mí, seguro.

ALEJANDRO: No te entiendo.

Intenta besarle de nuevo pero CARLA *se lo impide.*

CARLA: No. (ALEJANDRO *insiste.*) He dicho que no.

CARLA *se separa de* ALEJANDRO. *Firme, pero no violenta.* ALEJANDRO, *desconcertado, mira a su alrededor, se siente humillado. Decidido, coge la maleta.*

ALEJANDRO: Me voy. Esto no va a funcionar.

CARLA: ¡Alejandro!

ALEJANDRO: ¡Me voy!

CARLA: *(Suave.)* ¿Dónde?

Al oír la pregunta, ALEJANDRO *se detiene.* CARLA, *con cariño.*

CARLA: No puedes ir a ninguna parte. *(Pausa).* Ésta es tu casa.

Pausa. Gesto de ALEJANDRO. *Se le nota inquieto.*

ALEJANDRO: ¿Quién me demuestra que usted no fue al hospital con las mismas intenciones que a una perrera? Subió a la planta de amnésicos preguntándose a quién adoptaría. Al verme se dijo: «Éste está bastante bien, sus ojos son dulces y parece limpio, me lo llevaré a casa y le haré creer que soy su mujer.»
  (De repente.) Por cierto, ¿no será usted viuda?

CARLA: *(Extrañada.)* ¿Viuda?

ALEJANDRO: Me han hablado de un clan de viudas que controla el tráfico de amnésicos disponibles.

CARLA: Alejandro, soy tu mujer.

ALEJANDRO: *(Deja la maleta en el suelo.)* Entonces, por favor, ayúdame a recordar.

CARLA *le muestra los cuadros de la pared.*

CARLA: ¿Qué te parecen estos cuadros?

ALEJANDRO: *(Mirándolos.)* Me gustan. En realidad, es lo único que me gusta de este apartamento.

CARLA: ¿De verdad?

ALEJANDRO: Sí. Se diría que son todos del mismo pintor.

CARLA: Son tuyos.

ALEJANDRO: *(Espontáneo.)* ¡Soy un genio! *(Vuelve a desconfiar.)* ¿De verdad... son míos?

CARLA: Sí.

ALEJANDRO: Además de escribir..., ¿también sé pintar?

CARLA: Eso parece.

ALEJANDRO *examina los cuadros. Al principio con desconfianza, después con orgullo.*

ALEJANDRO: ¡Decididamente, soy un genio! Aunque tenga algunas manías respecto a las tareas domésticas. Buen amante, pintor, escritor, creador de teorías... Me habría encantado conocerme.

CARLA: Te habrías gustado mucho.

ALEJANDRO *no capta la ironía.*

ALEJANDRO: ¿También me gano la vida con la pintura?

CARLA: No. Sólo con tus novelas policíacas. La pintura es uno de tus hobbys.

ALEJANDRO: ... Ya...

La mira. Se siente incómodo por la pregunta que va a hacer.

ALEJANDRO: ¿Qué tal marido era?

CARLA: Sé más preciso.

ALEJANDRO: ¿Era celoso?

CARLA: En absoluto.

ALEJANDRO: *(Sorprendido.)* Aah...

CARLA: Siempre decías que confiabas plenamente en mí. Y a mí me gustaba escucharlo.

ALEJANDRO: Y... ¿te aprovechabas de mi falta de celos?

CARLA: ¿Para qué?

ALEJANDRO: Para darme motivos para que lo fuera.

CARLA: *(Sonriendo.)* No.

ALEJANDRO *suspira aliviado. Breve pausa.*

ALEJANDRO: Y yo... ¿era fiel?

CARLA *juega con él. No contesta hasta que ve que* ALEJANDRO *se va angustiando.*

CARLA: *(Sonriendo.)* Sí.

ALEJANDRO: ¡Uffff!

CARLA: Que yo sepa, claro.

ALEJANDRO: Estoy seguro de no haberte engañado.

CARLA: *(Maliciosa.)* Si lo hubieras hecho, habría que reconocer que eras un excelente actor, que tenías un don para disimular...

ALEJANDRO: *(Cortándole.)* Estoy seguro de que nunca te engañé.

CARLA: ... O que tenías el don de la ubicuidad.

Gesto de extrañeza de ALEJANDRO.

CARLA: Porque, realmente, ¿cuándo me hubieras engañado? Apenas salías de casa. Siempre estabas escribiendo, leyendo o pintando. ¿Cómo y cuándo podías haberlo hecho?

ALEJANDRO: *(Afirmando.)* Eso... ¿cómo y cuándo?

CARLA: *(Se acerca a él y le abraza.)* Tu fidelidad era muy importante para mí. No soy tan fuerte, ni tengo tanta confianza en mí como para pasar los días luchando contra mis rivales... o mis sospechas.

ALEJANDRO: Pues a mí me parece que eres muy fuerte. Pocas mujeres de tu edad...

CARLA: Precisamente, en el mundo no sólo hay mujeres de mi edad. A los veinte años se tiene mucha ilusión; a partir de los cuarenta, se va perdiendo; una mujer se preocupa por su edad en el instante en que descubre que existen otras más jóvenes que ella.

ALEJANDRO: Yo..., ¿yo miro a las jovencitas?

CARLA: Sí.

ALEJANDRO: *(Suspira aliviado, ya que, en el fondo, aún no se siente tranquilo.)* Es terrible. Me siento como si estuviera andando por el borde de un precipicio y, a cada momento, pudiera ir descubriendo cosas que me demuestran que soy un ser despreciable. Estoy asustado. Voy avanzando por un hilo que es el presente. No tengo miedo del futuro, pero sí del pasado. Voy en busca de mí mismo sin saber si me gustará lo que voy a encontrar. *(Breve pausa.)* ¿Qué defectos tengo?

CARLA: *(Reflexiona.)* Pues... algunos tienes.

ALEJANDRO: ¡Quiero que me los digas!

CARLA: *(Pensando.)* Déjame que piense... Sí... ¡La impaciencia! ¡Eres muy impaciente!

ALEJANDRO: ¿Y eso es malo?

CARLA: A veces, es divertido. Tienes tendencia a desnudarte en el ascensor antes de entrar en casa. Un día me desnudaste también a mí y...

Se avergüenza al recordar ese momento de su vida amorosa.

ALEJANDRO: *(Contento.)* ¡No me digas!

CARLA: Sí..., ¡menos mal que cerramos la puerta justo a tiempo!

ALEJANDRO: ¿A tiempo?

CARLA: *(Lo recuerda.)* No, creo que ya era demasiado tarde.

Se ríen los dos.

ALEJANDRO: Entonces..., ¿no debo tener miedo a recuperar la memoria, verdad?

CARLA *se siente incómoda y no contesta.* ALEJANDRO *se da cuenta e insiste.*

ALEJANDRO: Porque, a veces, me pregunto si no seré yo quien quiere no recordar. Si para mí no será una ventaja mi amnesia.

CARLA: ¿Una ventaja?

ALEJANDRO: La ventaja de no saber. Mi espíritu se protege en la ignorancia. Huye de la verdad.

CARLA: *(Molesta.)* ¿Eso crees?

ALEJANDRO: Quizás mi shock no sea sólo físico.

Los dos se miran angustiados.

CARLA: *(Fingiendo una seguridad que esta lejos de tener.)* Creo que te preocupas sin el menor motivo.

ALEJANDRO: ¿Seguro?

CARLA: Seguro. No descubrirás nada sobre ti... que haga que te sientas mal.

ALEJANDRO: ¿Me lo juras?

CARLA: Te lo juro.

ALEJANDRO: *(Se tranquiliza.)* Háblame de mí. Ahora es mi tema de conversación preferido.

CARLA: *(Pinchándole.)* Siempre lo ha sido. *(A* ALEJANDRO *no le hace ninguna gracia.* CARLA *sigue.)* Hay que reconocer el mérito que tienes de no haber dejado nunca de sentirte satisfecho y orgulloso de ti mismo. Una fidelidad a toda prueba. No tienes más que mirar en tu biblioteca: ¡Te has dedicado todas tus novelas! *(Coge un libro cualquiera y lee.)* «Para mí con todo mi cariño. Alejandro.»

ALEJANDRO: *(Molesto.)* Él era odioso.

CARLA: No, tenía un alto sentido del humor. Y el humor permite decir la verdad.

ALEJANDRO: Espero haberte dedicado alguna.

CARLA: *(Riéndose.)* Sí.

Va hacia otra estantería y coge un libro. Lo abre y lee.

CARLA: «A Carla, mi esposa, mi conciencia, mi mala conciencia, mi amor, de quien te adora, aunque no te merezca, Alejandro.»

Al leer estas líneas, CARLA *se emociona y se le saltan las lágrimas.* ALEJANDRO *la observa sin decir nada. Trata de comprenderla.* CARLA *se deja caer en una silla, abrumada.*

ALEJANDRO: Carla...

CARLA: Perdóname. Sin querer, he vuelto al pasado.

ALEJANDRO: Y yo sigo aquí. Estamos viviendo el presente. No me he muerto.

CARLA: Pero el pasado sí. *(Intentando sonreír a través de sus lágrimas.)* Te he querido mucho, Alejandro, mucho.

ALEJANDRO: Dicho así, parece que quieres decir: «He sufrido mucho, Alejandro, mucho.»

CARLA: Quizás tengas razón. No sé amar sin sufrir.

ALEJANDRO: *(Tierno.)* ¿Te hice sufrir?

CARLA: *(Se le nota que miente.)* No.

ALEJANDRO *no insiste.* CARLA *intenta mostrarse de nuevo divertida y segura de sí misma.*

CARLA: ¿Qué otra cosilla puedo decirte para que te conozcas mejor?... ¡Ah, sí! Te encanta ir de compras, algo rarísimo en un hombre. Y eres capaz de pasarte una hora en una zapatería de señoras y tienes un gusto exquisito para elegir mis vestidos y te hace mucha ilusión que nos reunamos en un salón de té.

ALEJANDRO: ¿Me gusta el té?

CARLA: Con locura.

Gesto de ALEJANDRO.

CARLA: Pareces decepcionado.

ALEJANDRO: La verdad no veo que sea muy masculino ir

de tiendas, comprar trapos y disfrutar tomando el té con pastas, rodeado de señoras que me recuerdan a mi abuela. Yo diría que, más que tu marido, soy tu amiga del alma...

CARLA: *(Riéndose.)* En eso consiste tu encanto. Eres una deliciosa combinación de masculinidad y de femineidad.

ALEJANDRO: *(Enfadado.)* Muy graciosa... Algo así como una mezcla de Richard Burton y Elizabeth Taylor.

CARLA: *(Se ríe. Luego en serio.)* Prueba de ello es que escribes novelas policiacas.

ALEJANDRO: Eso al menos es bien masculino.

CARLA: Todo lo contrario. También tienes una teoría al respecto. Como las mujeres son, mayoritariamente, las que escriben y leen las novelas policiacas, pretendes que se trata de un género femenino en el que las mujeres, cansadas de dar a luz a lo largo de los siglos, se divierten matando virtualmente. «La novela policiaca o la venganza de las madres.» *(Se ríe.)*

ALEJANDRO: *(Contrariado.)* ¡A la mierda yo y mis teorías! *(Se levanta para coger el libro dedicado a* CARLA.*)* De todo lo que me estás contando, hay algo que no me cuadra.

Por un lado, parezco un gallo de pelea, muy activo sexualmente, impaciente e impulsivo; por otro, soy un marido fiel, confiado, nada celoso, amable dispuesto a pasar horas en las tiendas y en los salones de té, es decir, el amigo homosexual que quiere tener toda mujer que se precie. Y eso no me cuadra.

CARLA: Sin embargo, es así

ALEJANDRO: *(Abre el libro y lee.)* «A Carla, mi esposa, mi conciencia, mi mala conciencia, mi amor, de quien te adora aunque no te merezca, Alejandro.» Parece que te estuviera pidiendo perdón por algo, ¿no?

CARLA: No.

ALEJANDRO: ¿No? «Mi conciencia... mi mala conciencia.» ¿Qué querría decir con eso?

CARLA: Que yo te forzaba a trabajar más... A que fueras más exigente contigo mismo.

ALEJANDRO: ¿«Aunque no te merezca»?

CARLA: Ya que te empeñas te lo diré. Siempre te has sentido inferior a mí.

ALEJANDRO: ¿Yo?

CARLA: Es más un complejo social que intelectual. Tus padres eran lecheros, los míos diplomáticos.

ALEJANDRO *no dice nada, pero, sonriendo, sigue dudando.*

CARLA: Siempre decías: «Cuando uno nace en el Camembert el olor permanece siempre.»

ALEJANDRO: *(Malhumorado.)* Deja de citar todas mis frases. Pareces una viuda.

CARLA: *(Fría.)* En cierto modo lo soy.

Ante una respuesta tan fría, ALEJANDRO *se inquieta.* CARLA *se da cuenta y añade, esta vez en un tono más cálido.*

CARLA: Una viuda que aspira a dejar de serlo. *(Le besa.)* ¡Pronto recordarás todo!

ALEJANDRO: *(Emocionado.)* Perdóname.

CARLA *va hacia el bar.*

ALEJANDRO: Es muy doloroso estar obligado a creer a los demás para conocerse a sí mismo.

CARLA: *(Que trae dos vasos de whisky.)* Te entiendo. *(Le da un vaso.)*

ALEJANDRO: *(Lo coge.)* ¿Se acabó el té?

CARLA: Sí.

ALEJANDRO: ¡Me alegro!

CARLA: ¡Brindemos por tu regreso!

Beben.

ALEJANDRO: Imagino que para ti debe ser más que extraño encontrarte cara a cara con un desconocido que resulta ser tu marido, ¿verdad?

CARLA: Sí, muy extraño, pero, a la vez, gratificante... Y tú, ¿qué sientes?

ALEJANDRO: Un miedo atroz.

CARLA *se ríe.*

ALEJANDRO: Obedezco a una mujer muy guapa a la que no conozco, que me sonríe y me trae a su casa. Que me hace comprender que todo es posible entre los dos, ya que sigo siendo su marido. Es como una espera antes de perder la virginidad. (CARLA *se sirve más whisky.* ALEJANDRO *se da cuenta de lo rápido que bebe.*) En el fondo, me gustaría no recuperar la memoria antes de..., sería como una segunda noche de bodas.

CARLA *vuelve a reírse.*

ALEJANDRO: ¿Dónde pasamos la primera?

CARLA: ¡En Italia!

ALEJANDRO: ¡Qué poco originales!

CARLA: Sí. ¡Pero qué recuerdo!

ALEJANDRO: No para mí...

Ante lo incongruente de la situación, los dos sueltan la carcajada.

ALEJANDRO: ¿Dónde voy a dormir esta noche?

CARLA: *(Encantadora.)* En la habitación de invitados.

ALEJANDRO: *(Decepcionado y contrariado.)* Pero ¿hay una habitación de invitados en un apartamento tan pequeño?

CARLA: *(Bajando los ojos.)* No.

ALEJANDRO: *(Vuelve a sentirse animado.)* Ah. *(Se le acerca.)*

CARLA: *(Le detiene con amabilidad.)* Pero hay un sofá-cama para un caso de apuro.

ALEJANDRO: ¿Un caso de apuro? Desgraciadamente, eso es lo que soy yo.

CARLA: No me pongas esos ojos de patito feo, que consigues de mí lo que quieres.

ALEJANDRO: *(Feliz de saberlo.)* ¿Ah, sí?

Muy sensual, se acerca a CARLA... *Ella le deja que la abrace. Los dos, excitados, se acarician. De repente,* CARLA *se levanta.*

CARLA: No, sería demasiado sencillo.

Tanto al levantarse como al decir esta frase, CARLA *ha actuado instintivamente.* ALEJANDRO *sigue sentado en el sofá sin entender el motivo de ese cambio tan brusco.*

CARLA: *(Nerviosa.)* Perdóname. Ya te lo explicaré... Yo..., yo voy a ponerte un poco más de whisky.

Coge el vaso de ALEJANDRO, *que está casi lleno.*

CARLA: ¡Oh, apenas has bebido!

Se lleva el suyo.

ALEJANDRO: ¿Se da cuenta de que es el tercero?
CARLA: *(Como si le hubieran dado un latigazo.)* ¡¿Y qué?!
ALEJANDRO: *(Mirándola fijamente.)* Carla... ¿Usted bebe?
CARLA: No. No. Sin embargo, tú...
ALEJANDRO: ¿Yo? ¿Yo bebo?

Mira su vaso.

CARLA: Sí, sobre todo por las noches.
ALEJANDRO: ¿Bebo mucho?
CARLA: Demasiado.

ALEJANDRO: *(Reflexionando.)* Así que era ésa la cosa tan terrible que debía descubrir: ¡el alcohol!

CARLA: *(Harta y exasperada.)* ¿Qué alcohol?

ALEJANDRO: Seguro que sólo funciono a base de whisky, con su ayuda empiezo a divagar hasta llegar al delirio... ¿Te he pegado alguna vez?

CARLA: Creo que he exagerado un poco... Sólo te tomas un par de copas por la noche. No le des tanta importancia a algo que no la tiene.

ALEJANDRO: ¡Claro que la tiene!

CARLA: ¡Claro que no!

CARLA, *muy tensa, se niega a que la conversación se centre en el alcohol.*

CARLA: ¡No hablemos más de ello!

ALEJANDRO: Carla, creo que teníamos problemas y que tratas de minimizarlos.

CARLA: ¡No teníamos problemas!

ALEJANDRO: No quieras engañarme

CARLA: No teníamos problemas. *(Una pausa. Casi sin mirarle.)* Bueno..., no más que cualquier pareja. *(Controlándose.)* Como cualquier pareja que lleva años viviendo junta.

ALEJANDRO: ¿Qué problemas? Dime uno.

CARLA: Más que un problema es un hecho. Es normal. Como las arrugas.

ALEJANDRO: ¿A qué te refieres?

CARLA: A la falta de deseo.

ALEJANDRO: Ya..., por eso me rechazas, ¿verdad?

CARLA se da cuenta de que sus respuestas son contradictorias. Respira hondo para darse tiempo. Busca una respuesta, pero no la encuentra.

ALEJANDRO: No eres muy coherente.

CARLA: *(Rápida.)* Siempre me lo has reprochado.

ALEJANDRO: ¿Ah, sí?

CARLA: Sí.

ALEJANDRO: ¿Siempre?

CARLA: Sí. Siempre.

ALEJANDRO: Supongo que debo creerte, ¿no?

CARLA: Sí.

Los dos se miran desafiantes. ALEJANDRO cede al ver que CARLA está a punto de estallar.

ALEJANDRO: Te creo.

CARLA: Muy bien.

Pausa. Los dos se sienten incómodos.

ALEJANDRO: *(Tímidamente.)* Ha pasado un ángel.

CARLA: *(Rápida.)* Con el culito al aire.

ALEJANDRO: *(Extrañado.)* ¿Cómo dices?

CARLA: Verás, como te horrorizaban las frases hechas, tú las terminabas con algún absurdo. Cada vez que alguien decía: «Ha pasado un ángel», tú añadías: «cabalgando en un cubo» o «con el culito al aire».

Se ríe. ALEJANDRO, *no. Sus antiguos chistes no le hacen ninguna gracia.*

ALEJANDRO: Es patético.

CARLA: Sí.

Ante la decepción de ALEJANDRO, CARLA *no puede evitar la risa.*

ALEJANDRO: Por lo que veo, ustedes dos se lo pasaban en grande. Pero no sería lo mismo para una tercera persona. *(Breve pausa.)* Que hoy soy yo.

CARLA *se da cuenta de que* ALEJANDRO *está ofendido y deja de reír.*

ALEJANDRO: ¿Dónde tuve el accidente?

CARLA: *(Responde demasiado rápida.)* Ahí.

Le lleva hacia la escalera que va a dar a un altillo.

CARLA: Bajabas la escalera y, bruscamente, volviste la cabeza, perdiste el equilibrio y te diste en la nuca con esta viga.

ALEJANDRO *inspecciona el lugar del accidente. No recuerda nada. Suspira.*

ALEJANDRO: ¿Pasaste miedo?

CARLA: Perdiste el conocimiento. *(Le tiemblan las manos.)* Te estaba hablando cuando te volviste... Te dije algo que te sorprendió y te hizo gracia o que..., no lo recuerdo bien. De lo que sí estoy segura es de que si no te hubiera dicho nada, no te habrías caído. Me siento culpable. La culpa fue mía.

ALEJANDRO: *(La mira.)* Es terrible...

CARLA: *(Le mira.)* ¿El qué?

ALEJANDRO: No recordar.

CARLA, *emocionada, se echa a llorar.* ALEJANDRO *la abraza para que se tranquilice. Pero en lugar de compartir la emoción, sigue con su reflexión.*

ALEJANDRO: ¿Soy torpe?

CARLA: No.

ALEJANDRO: ¿Me caía a menudo?

CARLA: No, fue la primera vez.

ALEJANDRO: ¿Y tú? ¿Te habías caído alguna vez?

CARLA: Muchas. Por eso debería haberme pasado a mí. ¡Cuánto daría por estar en tu lugar!

ALEJANDRO: ¿Te sentirías mejor?

CARLA: Sí.

ALEJANDRO: *(Acariciándole el pelo mecánicamente, sin la menor emoción.)* Vamos..., sólo fue un accidente... no puedes sentirte culpable por un accidente...

Como ALEJANDRO *se siente más tranquilo, la deja y va a sentarse en la butaca de su despacho. Una vez sentado hace que la butaca gire una vuelta.*

ALEJANDRO: Me parezco al protagonista de mis novelas, el inspector James Dirdy...

CARLA: *(Le corrige instintivamente.)* James Dirty.

ALEJANDRO: Dirty. Tratando de descubrir la verdad en el lugar del crimen.

CARLA: ¿Un crimen? ¿Qué crimen?

ALEJANDRO: Es una forma de hablar. Pero, quién sabe, si de verdad aquí no se cometió un crimen.

CARLA: No tiene gracia. Deja de decir tonterías, por favor.

ALEJANDRO: Es curioso, cuando he entrado en este apartamento no me acordaba de nada. Sin embargo, he tenido la sensación de que aquí había pasado algo grave. ¿Locura? ¿Intuición? ¿El comienzo de un recuerdo?

CARLA: Simplemente deformación profesional. Escribes novelas policiacas. Te encanta sentir miedo, sospechar y pensar que lo peor está por llegar.

ALEJANDRO: ¿Por llegar? Tenía la impresión de que lo peor estaba en el pasado.

CARLA: Entonces, has cambiado. Siempre decías que lo peor estaba por llegar.

ALEJANDRO: ¿Era pesimista?

CARLA: En tu forma de pensar. Pero muy optimista en tu forma de actuar; vives como alguien que cree en la vida y escribes como alguien que no cree en ella.

ALEJANDRO: El pesimismo es un privilegio del hombre que reflexiona.

CARLA: Nadie está obligado a reflexionar.

ALEJANDRO: Tampoco nadie está obligado a actuar.

Se miran como si fueran enemigos. Cada uno quisiera decirle mucho más al otro, pero no se atreven.

ALEJANDRO: ¡Qué extraña es la amnesia! Es como la respuesta a una pregunta que se desconoce.

CARLA: ¿Qué pregunta?

ALEJANDRO: Precisamente, es la que trato de encontrar.

No se mueven. Es como si el tiempo se hubiera detenido.

CARLA: ¿Cómo estás?

ALEJANDRO: ¿Perdón?

CARLA: ¿Que cómo te sientes?

ALEJANDRO: Bastante mal. ¿Por qué?

CARLA: *(Tensa.)* Porque, intelectualmente, te veo en plena forma. Y me resulta difícil de creer que no hayas recuperado la memoria.

ALEJANDRO: La inteligencia y la memoria no están localizadas en la misma zona del cerebro.

CARLA: Si tú lo dices.

ALEJANDRO: *(Serio.)* No soy yo, sino la ciencia.

CARLA: *(Rectificando.)* Si la ciencia lo dice...

ALEJANDRO: ¿No crees en ella?

CARLA: *(También muy seria.)* No se puede creer o no creer en la ciencia, ella se limita a darnos información que escapa de nuestra aprobación, ¿no es así?

ALEJANDRO: Es exacto.

Juzgándose con la mirada.

ALEJANDRO: En cualquier caso, estoy analizando mis huellas y me resulta curioso que dejases tan pocas.

CARLA: *(Burlándose.)* Sí, no es propio de ti.

ALEJANDRO: No le veo la gracia.

CARLA: ¡Ya está bien! Relájate y deja a un lado tu agresividad. No creo que ella te sirva de gran ayuda para reencontrarte.

ALEJANDRO: Carla, tengo miedo de lo que pueda averiguar. Miedo de descubrir cómo era yo.

CARLA: No seas absurdo. Tú eras..., eres... un buen tipo.

ALEJANDRO: No... No tengo esa sensación...

CARLA: Te digo yo que sí.

ALEJANDRO: ¿Quién me lo demuestra?

CARLA: Yo.

ALEJANDRO: ¿No seré un mafioso a quien han intentado asesinar en plena calle y a quien su mujer intenta convencer de que sólo fue un accidente para que su vida cambie de rumbo? Te aprovechas de mi amnesia para tratar de redimirme.

CARLA: ¡Alejandro!

ALEJANDRO: *(Sin hacerle caso.)* Quizás soy un asesino de quien nadie sospecha todavía y al que tú quieres proteger no contándole la verdad. O a lo peor soy un violador de jovencitas que...

CARLA: ¡Cállate de una vez! *(Breve pausa.)* ¿Por qué tienes que imaginarte tan horrible?

ALEJANDRO: Porque tengo la sensación de que hay algo malo dentro de mí. Muy malo.

CARLA: Eso es falso. ¡Créeme, te lo ruego!

ALEJANDRO: Carla, si yo estuviera en lo cierto, te comportarías igual. Me pedirías que te creyera. Y te comprendo. Si soy un canalla es lógico que te aproveches de mi confusión mental para tratar de cambiarme, para convencerme de que era una buena persona e inventarme una personalidad totalmente diferente.

CARLA: *(Irónica, sarcástica.)* Tienes razón: te estoy creando de nuevo, te estoy reciclando. Partiendo de quien eras, te convierto en un ser nuevo. Soy como un escultor que descontento con su obra esculpe una nueva. Creo un hombre mejor que el que conocí, callo sus defectos, los elimino y le atribuyo las cualidades que le faltaban. Te convierto en el marido perfecto y lo consigo manteniendo la misma fachada y renovando el interior. ¡No sabes cuánto estoy disfrutando! Estoy cumpliendo el sueño de cualquier mujer: hacer entrar en vereda a su marido después de quince años de matrimonio. Mírame bien: ¡tienes ante ti a un genio que se ha convertido en una hábil manipuladora!

ALEJANDRO *se ha quedado mudo. Breve pausa.*

ALEJANDRO: *(Tranquilo.)* Lo siento. Perdóname.

CARLA: ¡No! ¡No! ¡Los genios no saben perdonar!

ALEJANDRO: Carla...

CARLA: Cuando hayas terminado de cenar, dormirás en el sofá.

ALEJANDRO: No, Carla, eso no.

CARLA: ¿El qué?

ALEJANDRO: *(Poniendo cara de no haber roto un plato.)* En el sofá, no. Por favor...

CARLA *le mira fijamente y de repente se echa a reír.* ALEJANDRO *también ríe. Vuelven a ser cómplices.*

CARLA: *(Se acerca a él y le acaricia el pelo con cierta ternura.)* No te he mentido, Alejandro. Eres tal y como te he dicho. Un hombre. Un buen hombre. El marido que le gustaría tener a cualquier mujer.

Se besan, suavemente, en los labios.

ALEJANDRO: Hablamos demasiado.

CARLA: Siempre dices eso cuando...

ALEJANDRO: ¿Cuándo?

CARLA: Cuando...

ALEJANDRO: ¿Sí?

CARLA: Cuando hablamos demasiado.

Instintivamente se besan con pasión y se dejan caer en el sofá.

ALEJANDRO: Estoy deseando pasar una nueva noche de bodas.

CARLA: Te advierto que pusimos el listón muy alto.

ALEJANDRO: Lo superaremos.

CARLA: ¿Adónde iremos?

ALEJANDRO: ¿Por qué tenemos que irnos?

Breve pausa.

CARLA: *(Abrazándole muy fuerte.)* ¿Adónde?

ALEJANDRO: Aquí. Ahora.

CARLA: *(Feliz.)* ¡Qué impaciente!

ALEJANDRO: ¿No estás de acuerdo?

CARLA: *(Con entusiasmo.)* Sí.

ALEJANDRO: No necesitamos ir a Portofino...

La vuelve a besar. Tras unos breves segundos, CARLA *interrumpe el beso y se separa un poco.*

CARLA: ¿Qué has dicho?

ALEJANDRO: Que no necesitamos ir a Portofino.

CARLA: ¿Y por qué a Portofino?

ALEJANDRO: Porque allí pasamos nuestra luna de miel, ¿no?

CARLA: ¿Lo recuerdas?

ALEJANDRO: No. Tú me lo dijiste hace un rato.

CARLA: No. Dije Italia.

ALEJANDRO: *(Muy tranquilo.)* Dijiste Portofino.

CARLA: Dije Italia.

ALEJANDRO: Eso es imposible ¿Cómo si no iba a saberlo?

CARLA: Porque estás recuperando la memoria, Alejandro.

ALEJANDRO: ¡No! ¡No estoy recuperando nada!

CARLA: Pues acabas de recordar...

ALEJANDRO: Escúchame. Lo harías sin darte cuenta, pero dijiste Portofino.

CARLA: Nunca lo dije porque, justamente, cuando estuvimos hablando de ello, me enfadé conmigo misma por no recordar el nombre del sitio exacto.

Se levanta y se enfrenta con él. ALEJANDRO *no dice nada.* CARLA *empieza a entender lo que está pasando.*

CARLA: Tú no has perdido la memoria.

ALEJANDRO: Claro que sí.

CARLA: ¡Alejandro, me estás mintiendo!

ALEJANDRO: ¡Y tú también!

Se miran retándose y giran el uno alrededor del otro, como si fueran fieras a punto de atacar.

CARLA: ¿Yo te he mentido?

ALEJANDRO: ¡Sí! ¡Esos cuadros los pintaste tú! ¡Son tuyos! ¡Te has inventado un Alejandro que va de compras contigo y toma el té! ¡Un Alejandro que apenas sale de casa y que nunca te ha engañado! Ese Alejandro con el que te gustaría compartir tu vida te lo has inventado. Te lo has inventado, Carla.

CARLA: *(Apenada.)* Lo recuerdas todo...

ALEJANDRO: ¡No! Sólo recuerdo que yo no era tal y como tú pretendes.

CARLA: *(Quejándose.)* ¡Oh, no, Dios mío, no quiero que todo se vuelva a repetir!

ALEJANDRO: ¿El qué?

CARLA *no le responde. Coge un cojín del sofá y va hacia* ALEJANDRO.

CARLA: *(Golpeándole con el cojín.)* Nunca perdiste la memoria. Te acuerdas de todo.

ALEJANDRO: Eso no es verdad.

CARLA: No te creo. Lo recuerdas.

ALEJANDRO: Sólo algunas cosas.

CARLA: Ya no te creo.

ALEJANDRO: Es verdad. Recuerdo cosas, pero tengo lagunas...

CARLA: *(Sigue golpeándole.)* ¡Lo recuerdas todo!

ALEJANDRO: No lo que pasó el último día...

CARLA: *(Iba a golpearle y se queda con el brazo levantado.)* ¿El último día?

ALEJANDRO: El día del accidente. No recuerdo nada.

CARLA: *(Vuelve a golpearle con el cojín.)* ¡Me estás mintiendo! ¡Lo sabes todo! ¡Quieres atormentarme!

ALEJANDRO: ¡No! ¡Te juro que no recuerdo lo que ocurrió!

CARLA: ¡Has utilizado tu falsa amnesia para castigarme!

ALEJANDRO: *(Sincero.)* ¿Castigarte? ¿Por qué?

CARLA *deja de golpearle y se ríe. Es una risa forzada.* ALEJANDRO *la coge del brazo.*

ALEJANDRO: ¿Por qué?

CARLA *trata de soltarse. Cuando se da cuenta de que* ALEJANDRO *es sincero, se tranquiliza.*

CARLA: *(Encogiéndose de hombros.)* Perdóname. Piensa que tú has estado dos semanas en el hospital rodeado de médicos y enfermeras que te ayudaban a recuperarte. Mientras que yo estaba aquí, sola, mordiéndome las uñas y pensando sólo en ti. Nadie se ha ocupado de mí. Y yo necesito sentirme protegida.

ALEJANDRO *le besa, suavemente, la mano.*

ALEJANDRO: Mi cerebro es un libro al que le faltan algunas páginas. Especialmente las últimas. No recuerdo nada del día del accidente.

CARLA: ¿Nada?

ALEJANDRO: Nada. *(La mira a los ojos.)* Te lo vuelvo a jurar.

CARLA *se da cuenta de que es sincero.*

ALEJANDRO: Empiezo a pensar que te debo una disculpa.

CARLA: Sí.

ALEJANDRO: ¿Sólo una?

CARLA: Dudo que llegues a pagar tus deudas.

ALEJANDRO: *(Sin hacerle caso.)* Empecé a recuperar la memoria el lunes. De manera progresiva. Como una esponja aumenta de volumen bajo un grifo mal cerrado. Gota a gota. *(Breve pausa.)* Ese lunes no habías venido. Estaba solo y empecé a recordar. No dije nada a los médicos. Mi memoria volvía y me traía recuerdos de nosotros dos, de nuestra vida, de nuestro amor. Me sentí orgulloso y feliz. Cuando viniste el martes, iba a decírtelo, pero me lo impidió el oírte una mentira. La primera.

CARLA: ¿Yo te mentí?

ALEJANDRO: Sí. Me habías traído la colección de mis novelas policíacas para ayudarme a recordar. Pero olvidaste una.

CARLA: ¿Cuál?

ALEJANDRO: *Pequeños crímenes conyugales.* Cuando miré la lista, te lo dije. Me contestaste que no tenía importancia porque yo odiaba esa novela y me arrepentía de haberla escrito. Mentiste. Y eso fue lo que me impidió decirte que estaba recuperando la memoria.

CARLA *muy seria no lo niega.*

ALEJANDRO: Empecé a pensar. Siempre me había sentido orgulloso de esa novela, incluso llegué a decir que si tuviera que salvar una de mis novelas, sería *Pequeños crímenes conyugales.* Y tú pretendías lo contrario.

CARLA: Está bien. Te di mi opinión haciéndote creer que era la tuya. ¿Es eso tan grave?

ALEJANDRO: No. Pero yo creo...

CARLA: *(Cortándole y defendiéndose.)* Además, no fue ningún éxito.

ALEJANDRO: Muchas de mis novelas tampoco lo fueron.

CARLA: Pero ésa mucho menos. Tienes que diferenciar entre poco y ninguno.

ALEJANDRO: Cuando te gusta una de mis novelas la defiendes con uñas y dientes...

CARLA: Es cierto. No me gusta *Pequeños crímenes conyugales* y a ti te parece genial.

ALEJANDRO: *(Cogiendo un libro de la librería.)* Me encanta. Porque es una recopilación de vivencias, debiera decir de muy malas vivencias, contempladas desde una óptica muy pesimista. Describo a la pareja como una asociación de asesinos, unidos por la violencia y por el sexo. Un deseo loco les empuja el uno al otro. Un deseo que no cesa hasta que, extenuados, alcanzan ese armisticio que es el placer. A continuación, los dos se unen para luchar contra la sociedad. Durante la tregua del matrimonio, reclaman derechos, beneficios, privilegios y, amparándose en sus hijos, alcanzan el silencio y el respeto de los demás. Los dos asesinos lo justifican todo en nombre de la familia. Las noches de sexo duro y placer las convierten en servicios prestados a la humanidad aportando su granito de arena, es decir, sus hijos. En nombre de la educación les castigan y les imponen su voluntad nociva, sus estupideces y sus fantasmas. Eso es la familia: un egoísmo disfrazado de altruismo. Cuando los asesinos envejecen, sus hijos se van para formar nuevas parejas de asesinos. Es entonces cuando los viejos depredadores, a falta de hijos a quienes dominar, luchan entre los dos para conseguir ser el más fuerte. Es una pelea sutil. Todo está permitido: las enfermedades, el dolor, la indiferencia. El vencedor será el que llore al otro. Una pareja joven trata de librarse de los demás. Una pareja mayor sólo quiere librarse de su propia pareja. Por eso, cuando uno ve a un hombre y a una mujer ante el altar o ante el juez que les va a casar, se pregunta: ¿cuál de los dos será el asesino?

CARLA: *(Aplaude, irónica.)* ¡Bravo! Aplaudo para no vomitar.

ALEJANDRO: ¿Por qué escribí eso?

CARLA: Cuando te lo pregunté, me respondiste: es la realidad.

ALEJANDRO: Quizás sea la realidad, pero ¿por qué mostrarla tal y como es? ¿Por qué no como quisiéramos que fuera? Una pareja no es una realidad. Es más bien la realización de un sueño, ¿no te parece?

Como CARLA *no contesta sigue con mucho entusiasmo.*

ALEJANDRO: En el momento en que descubrí tu mentira me di cuenta de que, en el fondo, estaba de acuerdo contigo. *(Se vuelve hacia ella.)* Odiaba esa novela, pero no lo sabía. Tu mentira era mi verdad. Mi nueva verdad.

CARLA *le mira intrigada, sin estar segura de entenderle.*

ALEJANDRO: Ese martes decidí callarme para que tú me contaras cómo debía ser para que me quisieras. Quizás el Alejandro Estrada que iba a descubrir, arrepentido de los *Pequeños crímenes conyugales* que había cometido, fuese mejor que el anterior. Una versión corregida.

Que el accidente sirviera para algo. Debíamos aprovecharlo. Por eso me encerré en mi mentira para escucharte. Sólo para escucharte, Carla, y, así, descubrir al hombre que tú querías que yo fuera.

CARLA: Lo encuentro deshonesto.

ALEJANDRO: ¿El qué?

CARLA: Tu comportamiento.

ALEJANDRO: No menos que el tuyo. E igual de instructivo. Me dejé llevar por la curiosidad de verme creado de nuevo por la mujer que quiero. Sería como una nueva versión de mí. Un marido a la medida. Pero...

CARLA: Pero...

ALEJANDRO: La memoria volvía a marchas forzadas y sabía que no tardaría en destruir la nueva personalidad que tú estabas creando. Además... No estaba seguro de adónde querías llegar. Todo me resultaba poco coherente.

CARLA: ¿Coherente?

ALEJANDRO: Es cierto que tenemos problemas y, sin embargo, he llegado a la conclusión de que me quieres tal y como soy. No a alguien diferente.

CARLA: *(Sonriendo.)* ¿Y?

ALEJANDRO: Pues... que eso me gusta.

Sonríe satisfecho.

CARLA: ¿Alguna conclusión más?

ALEJANDRO: Sí, una. Yo no soy el problema, lo eres tú.

CARLA: ¡Oh!

El golpe –inesperado y directo– deja a CARLA *sin habla.* ALEJANDRO *va hacia la librería donde se encuentran todas sus novelas dedicadas. Tira al suelo todos los libros de la estantería.* CARLA, *muy rabiosa.*

CARLA: ¿Qué haces?

ALEJANDRO: Mostrarte lo que sé.

Al tirar los libros se ven en el fondo de la estantería varias botellas. Las coge y se las enseña a CARLA.

ALEJANDRO: ¡Una! ¡Dos! ¡Tres! ¡Cuatro! Aunque ésta está vacía.

CARLA: *(Agachando la cabeza.)* ¿Lo sabías?

ALEJANDRO: Hace unos meses.

CARLA: ¿Cuántos?

ALEJANDRO: *(Sin contestarle.)* Tengo que reconocer que lo haces muy bien. Nunca te he visto beber y jamás te he sorprendido borracha.

CARLA: *(Orgullosa.)* No olvides que soy un genio.

ALEJANDRO: Descubrí las botellas por casualidad, mientras recogía...

CARLA: *(Cortándole, irónica.)* ¿Recogiendo algo tú?

ALEJANDRO: *(Corrigiéndose.)* Mientras buscaba un diccionario. A partir de entonces, te he estado observando. Sin decir una sola palabra.

CARLA: *(Avergonzada, se tapa la cara con las manos.)* ¡Cállate! ¡Basta!

ALEJANDRO: No pienso callarme.

CARLA: Déjame, siento vergüenza.

ALEJANDRO: Te equivocas, Carla, soy yo quien está avergonzado. Cuando encontré esas botellas camufladas detrás de mis libros me sentí tan avergonzado como tú. *(Breve pausa.)* Tienes un problema con el alcohol, ¿verdad?

CARLA: No tengo ningún problema con el alcohol.

ALEJANDRO: ¡Pero bebes!

CARLA: Sí, bebo, pero ése no es mi problema. Mi problema eres tú.

ALEJANDRO: ¿Yo? ¿Qué te he hecho?

CARLA *responde con un gesto vago. No tiene fuerzas para contestarle, así que renuncia a hacerlo.*

CARLA: Hay personas que beben para olvidar. No es mi

caso. Yo no me convertiría en amnésica ni aunque me partieran la cabeza. Ni dos ni tres, ni cuatro botellas pueden hacerme perder la memoria. Nuestra memoria. Yo no soy como otros que por un simple golpe son capaces de olvidar.

Se da cuenta de que ha llegado demasiado lejos y, confusa, se calla. ALEJANDRO *está también muy confuso. Ninguno de los dos es capaz de decir lo que siente.*

ALEJANDRO: ¿Qué pasó aquella noche? La noche que no consigo recordar.

CARLA: Nada.

ALEJANDRO: Me ocultas algo.

CARLA: ¿Y si así fuera?

ALEJANDRO: Tu comportamiento es odioso. Dime de una vez que pasó.

CARLA: *(Con mala leche.)* Lo descubrirás tu solito. Lo mismo que has encontrado las botellas.

ALEJANDRO: No soy tu enemigo, Carla.

CARLA: *(Dura.)* ¿Ah, no?

ALEJANDRO: Yo te quiero.

CARLA: *(Dura.)* Las palabras no significan lo mismo para ti que para mí.

ALEJANDRO: *(Insiste, con ternura.)* Yo te quiero, Carla.

CARLA: ¡Y yo quiero irme de vacaciones a la India! *(A punto de estallar.)* ¡También quiero que me dejen en paz de una puñetera vez, coño!

Se levanta, coge una botella de whisky y se sirve una copa.

CARLA: Voy a tomarme una copa.

ALEJANDRO: Tómatela.

CARLA: Y... luego me tomaré muchas más.

ALEJANDRO: Bebe lo que quieras. ¡Ahógate en alcohol... ya que sabes nadar!

CARLA: *(Desafiante.)* Me voy a tragar toda la botella.

ALEJANDRO *la mira y no dice nada.*

CARLA: ¿No... me lo vas a impedir?

ALEJANDRO: ¿Por qué iba a hacerlo? Soy capaz de defenderte de todo, excepto de ti misma.

CARLA *agacha la cabeza y sus ojos se llenan de lágrimas. Se siente tan sola e indefensa como un niño abandonado.* ALEJANDRO *se acerca a ella y le quita el vaso, con suma delicadeza.* CARLA *deja que lo haga y agradecida se abraza a él. Se siente como liberada de una pesada carga.*

ALEJANDRO: Vives a mi lado. Pero no conmigo.

CARLA *le abraza más fuerte.*

ALEJANDRO: ¿Qué es lo que nos pasa? ¿Qué es lo que ya no funciona entre nosotros?

CARLA *se encoge de hombros. Aclarar la situación es algo superior a sus fuerzas. Se sientan los dos.* ALEJANDRO *la acaricia animándole a que confíe en él.*

CARLA: Es posible que todo tenga un fin. Que la pareja sea también algo orgánico y que, pasado un tiempo, muera. Muerte genética.

ALEJANDRO: ¿De verdad crees lo que acabas de decir?

Como respuesta, CARLA *se suena con estrépito.* ALEJANDRO *le acaricia el pelo con ternura.*

ALEJANDRO: Estos días he pensado mucho en el día en que nos conocimos. Lo cierto es que fue el primer recuerdo que tuve en el hospital.

CARLA: *(Al recordarlo,* CARLA *se siente más animada.)* ¿Lo recuerdas bien?

ALEJANDRO: Creo que sí.

CARLA: ¿Muy bien?

ALEJANDRO: Espero que sí.

CARLA: Yo suelo recordarlo muy a menudo.

ALEJANDRO: Yo también. A tu juicio, conocerse en una boda, ¿da buena o mala suerte?

CARLA: ¡Pobres Carlos y Elena! Se separaron al regreso del viaje de novios.

Los dos se ríen. Se sienten como liberados.

CARLA: ¡Tardaste mucho en acercarte a mí!

ALEJANDRO: No estábamos en el mismo grupo ni en la misma mesa.

CARLA: Tienes razón. Yo siempre estaba rodeada de hombres guapos.

ALEJANDRO: Rodeada de silencio, sobre todo. Jamás he visto a una mujer con tanto silencio a su alrededor. Lejana. Inaccesible. Me impresionaste mucho.

CARLA: Sigue.

ALEJANDRO: Y tu mirada. Una mirada inteligente, una mirada nostálgica, una mirada de una bella mujer que vivió hace al menos dos mil años. *(Muy emocionado.)* Aunque no dejé de mirarte durante toda la mañana no me atreví a acercarme. Llegó la noche y seguía sin atreverme.

CARLA: Me di cuenta de tu interés.

ALEJANDRO: Lo supe. Por eso me sentía doblemente ridículo.

CARLA: Quizás fue eso lo que me atrajo de ti. Me habían advertido que eras un ligón todo terreno.

ALEJANDRO: ¿Todo terreno? Nunca he sido partidario de alcanzar lo más alto. *(Encantador.)* Los grandes exploradores dicen que cuando se tiene sed y no hay agua, se debe recordar la primera vez que se bebió. Es el único método para atravesar el desierto. Volvamos a vivir ese momento, por favor. *(Nostálgico.)* Te he estado esperando hasta...

CARLA: ¡Medianoche!

ALEJANDRO: ¿Medianoche?

CARLA: *(Muy divertida.)* De repente, a punto de dar las doce te vi salir corriendo del salón del castillo. ¿Será una cenicienta bisexual? Pensé mientras, intrigada, fui hacia la terraza. No estabas allí. Seguí avanzando y te vi. Justo encima del parking. Estabas...

ALEJANDRO: ¡Vomitando!

Los dos sueltan una carcajada. CARLA *empieza a interpretar la escena.* ALEJANDRO *la acompaña.*

CARLA: Señor, creo que está vomitando encima de mi coche.

ALEJANDRO: ¡Lo siento mucho!

CARLA: No lo sienta tanto y siga devolviendo. No soporto el color de mi coche. No es nada original.

ALEJANDRO: *(Al ver cómo ha quedado.)* Ahora sí lo es.

Mantienen las posiciones, como en el pasado. Continúan reviviendo su encuentro.

ALEJANDRO: Deseaba hablar con usted. Lo deseaba desde que empezó la ceremonia y cuando por fin lo consigo... Me tomé unas cuantas copas para atreverme a abordarla... y éste es el resultado. *(Señala el coche.)* La vida no siempre es de color de rosa.

CARLA: La vida es como nosotros queremos que sea. *(Breve pausa.)* Vaya a refrescarse al lavabo. Verá como después se sentirá mucho mejor y será capaz de tener una brillante conversación.

ALEJANDRO: ¿Me esperará?

CARLA: A un hombre capaz de conseguir un color único para mi coche le esperaré siempre.

ALEJANDRO: *(Al público.)* Cinco minutos más tarde, un nuevo Alejandro, oliendo a Lavanda de Atkinson, intenta iniciar de nuevo la conversación. *(De nuevo interpreta. A* CARLA.*)* ¿Qué tipo de mujer es usted?

CARLA: ¿Tal vez el suyo?

ALEJANDRO: No lo dude ni un momento. Cuando estoy a su lado, apenas puedo hilvanar una frase, me entran sudores fríos y siento como si mi cerebro fuera a estallar. Todos los síntomas de una enfermedad llamada: atracción irresistible.

CARLA: Lo siento, no conozco el remedio de esa horrible enfermedad.

ALEJANDRO: *(Lanzado.)* Usted es el remedio. *(Pausa.)* Respóndame: ¿es usted fría, tímida, conservadora, liberal, moderada, libertina, desvergonzada? Necesito saberlo para insistir o no, es decir, si puedo lanzarme a abrazarla (algo que estoy deseando) o es mejor que guarde las distancias. En una palabra: ¿es usted el tipo de mujer con la que uno puede acostarse el primer día?

CARLA: ¿Usted qué cree?

ALEJANDRO: Pues... lo que yo puedo decirle es que soy del tipo de hombre que quiere acostarse el primer día.

CARLA: *(Irónica.)* ¿Existe otro tipo?

ALEJANDRO: Lo que quiero saber es si usted...

CARLA: *(Cortándole.)* Yo no soy un hombre.

ALEJANDRO: *(Muy nervioso.)* Pero ¿tiene o no tiene ganas de acostarse?

CARLA: *(Jugando con él.)* ¿Ahora? Pues no.

ALEJANDRO: Ya veo. Me rechaza para que, más tarde, cuando nos enfademos, nunca pueda reprocharle ser una mujer fácil que se entrega al primer desconocido.

CARLA: *(Sigue jugando con él.)* El futuro que imagina para nosotros no puede ser más agradable.

ALEJANDRO: ¿Me equivoco si le digo que me rechaza por prudencia?

CARLA: Quizás sea por eso.

ALEJANDRO: En suma, se arriesga a echar a perder el presente para no tener que arrepentirse en un hipotético futuro.

CARLA: Exacto. Yo soy así: todo o nada. *(Pausa.)* Además, estimo que valgo lo suficiente como para que pueda esperar, ¿no? Yo también he esperado.

ALEJANDRO: Sí, cinco minutos.

CARLA: ¿Hay otra mujer en su vida?

ALEJANDRO: En este momento sólo usted.

Se besan suavemente.

CARLA: *(Susurra.)* Aún no...

ALEJANDRO *insiste.*

CARLA: Aún no.

Le rechaza suavemente.

ALEJANDRO: ¿Estás interpretando la escena de cuando nos conocimos o la de esta tarde?

CARLA: Mi respuesta sigue siendo la misma: «Aún no.»

ALEJANDRO: *(Asombrado.)* ¿No te cansa, no te molesta rechazarme siempre?

CARLA: No te rechazo, me limito a posponer tus propósitos.

ALEJANDRO: Las mujeres tenéis la tendencia de transformar a los hombres en mendigos. Cada vez que te pido que te acuestes conmigo, tengo la impresión de que te estoy suplicando una limosna. *(Pausa.)* Y cuando tú, caritativa, aceptas, tengo la fugaz impresión de estar acostado con una hermana de la caridad, que no es la figura más apropiada para ese momento.

CARLA: *(Burlándose de él.)* ¿No te gustan mis senos, hijo mío?

ALEJANDRO: *(Acalorado.)* ¿Por qué las mujeres no tomáis nunca la iniciativa?

CARLA: Porque somos lo suficientemente perversas como para hacer creer a los hombres que son ellos los que lo desean.

ALEJANDRO: Y, ahora, ¿quién manipula a quién?

CARLA: Buena pregunta. Recuerda, *Pequeños crímenes conyugales.*

Se ríen, casi cómplices.

ALEJANDRO: ¿Y quién va a ganar?

CARLA: El que pueda ceder. Sólo él controla el fuego.

ALEJANDRO: *(Con admiración.)* ¡Bruja! ¡Bicho!

CARLA: Gracias. *Pequeños crímenes conyugales.*

Al no estar aún dispuesta a reconciliarse, CARLA *se separa.*

ALEJANDRO: Me debes la verdad, Carla. ¿Qué ocurrió?

CARLA: *(Fingiendo no enterarse.)* ¿Cuándo?

ALEJANDRO: La noche que me caí. ¿Por qué no soy capaz de recordar ese momento?

CARLA *piensa antes de contestar. Por fin se decide.*

CARLA: *(Muy fría.)* Porque te conviene, no lo dudes.

ALEJANDRO: ¿Qué insinúas?

CARLA: Que te beneficia el no recordar.

ALEJANDRO: ¿Pasó algo horrible?

CARLA: ¿Horrible?... Sí.

ALEJANDRO: ¿Qué?

CARLA: Si tu cerebro ha preferido olvidarlo, ha sido para

liberarte de la verdad. ¿Por qué tengo que decírtelo yo? Es mejor dejar que todo siga así.

ALEJANDRO: *(Va hacia la escalera.)* No me caí, ¿verdad?

CARLA *no contesta.*

ALEJANDRO: Desde hace un rato estoy tratando de comprender cómo pude tropezar con este escalón y golpearme con esa viga. Es prácticamente imposible.

CARLA: *(Se acerca a él y dice muy segura.)* Sin duda me expliqué mal.

ALEJANDRO: ¡Carla, me mentiste!

CARLA: Te protejo, Alejandro. Lo mismo que tu cerebro que te impide recordar.

ALEJANDRO: Pero ¿de qué me proteges?

CARLA: *(Con toda naturalidad.)* De ti. *(Pausa.)* De ti mismo.

ALEJANDRO *se derrumba, abatido, por lo que acaba de oír. Sus temores parecen justificados.*

ALEJANDRO: ¡Lo sabía! ¡Lo sabía! Cuando entré en esta casa supe que me esperaba algo doloroso e insoportable. ¿Qué pasó, Carla? Dímelo, por favor.

CARLA: No trates de saberlo, Alejandro, ya que si lo descubres te sentirás peor.

ALEJANDRO: *(Cogiéndola del brazo y suplicándole.)* Te lo ruego..., ¿qué pasó?

CARLA: No quiero decírtelo. Yo también trato de olvidarlo.

ALEJANDRO: Carla, ¿aún me quieres?

CARLA: ¿Por qué crees que trato de olvidarlo?

ALEJANDRO: Pues si me quieres, te lo suplico, ¡dime lo que ocurrió aquella noche!

CARLA: Nada, Alejandro, nada.

ALEJANDRO: Carla, por favor...

CARLA: Después de todo no fue tan grave, ya que los dos estamos aquí. Lo demás no cuenta.

ALEJANDRO: ¿Qué es lo que no cuenta?

CARLA: Intentaste matarme.

ALEJANDRO se queda atónito. CARLA sostiene su mirada. Poco a poco, ALEJANDRO retrocede horrorizado por lo que acaba de escuchar. CARLA, muy tranquila, repite.

CARLA: Intentaste matarme.

Al confesar, se siente como si le hubieran quitado un peso de encima. Se sirve un whisky y se sienta. ALEJANDRO, detrás de ella, no es capaz de articular palabra.

CARLA: Cuando aquella tarde llegaste a casa, me sorprendiste recogiendo mis cosas. Tenía la maleta casi terminada. Me preguntaste: «¿Qué haces?» Yo te dije que me iba. Para ser más exacta, que te abandonaba.

ALEJANDRO: *(Asombrado.)* ¡¿Tú?!

CARLA: Vuelves a reaccionar igual que entonces..., como si estuviera escrito que si uno de los dos deja al otro, tienes que ser tú y no yo.

ALEJANDRO: Pero ¿por qué?

CARLA: Ésa fue tu segunda pregunta. *(Enciende un cigarrillo.)* Espero que aunque esta conversación se parezca a la de aquel día, no siga por los mismos derroteros.

Espera una respuesta.

ALEJANDRO: *(Balbucea.)* Te prometo que permaneceré tranquilo.

CARLA: Bien. Te dije que me separaba de ti porque estaba... cansada..., sí, cansada de que nuestro matrimonio te aportaba más satisfacción a ti que a mí. Te pedí que respetaras mi decisión y que no me exigieras más explicaciones. Por un momento creí que me ibas a dejar marchar, pero, de repente, empezaste a gritar como un loco: «¿Quién es él? ¿Quién es? ¿Con quién te vas?» Te respondí: «Con nadie.» Pero te negaste a creerme. Me repetiste una y otra vez tu antigua teoría de que un hombre tiene una amante para poder seguir con su esposa, mientras que una mujer se echa un amante para abandonar a su marido.

ALEJANDRO: ¡Y eso es verdad!

CARLA: Es tu teoría. Conmigo no es válida.

ALEJANDRO: ¿Cómo puedo creerte?

CARLA: *(Cansada.)* No empieces otra vez, ¿quieres?

ALEJANDRO: *(Sumiso.)* De acuerdo.

CARLA: A partir de ese momento nuestra discusión fue degenerando. Te volviste violento. Tú...

No puede continuar. ALEJANDRO, *confundido, ni se mueve. Intentando retener las lágrimas,* CARLA *coge una figura de unos treinta centímetros que está sobre un mueble.*

CARLA: Cuando bajé con mi maleta, por esa escalera, te abalanzaste sobre mí e intentaste estrangularme. Quise defenderme, cogí esta figura y...

Se calla y llora. ALEJANDRO *parece más sorprendido que arrepentido. Mueve la cabeza de un lado a otro, como si quisiera recordarlo todo. Duda si acercarse o no a* CARLA. *Por fin, se decide y le coge la mano con mucha delicadeza.*

ALEJANDRO: Te hice daño, mucho daño.

De manera espontánea, CARLA *niega con la cabeza. Después cambia de opinión y se lleva la mano al cuello.*

CARLA: Sólo algunos cardenales. Por eso no pude ir al hospital los primeros días.

ALEJANDRO: Ahora comprendo mejor por qué ya no quieres que te toque.

CARLA *asiente con la cabeza y deja escapar un suspiro.* ALEJANDRO *mira el apartamento como si fuera la última vez.*

ALEJANDRO: Ahora, es mi turno.

Va hacia su maleta, que sigue junto a la puerta. CARLA *le mira, sorprendida.*

CARLA: ¿Adónde vas?

ALEJANDRO: No puedo permanecer aquí, Carla. Después de lo que te hice, tengo que marcharme.

CARLA: Pero...

ALEJANDRO: Cometí el único error que no se puede perdonar. Ya nunca más podrás confiar en mí.

Abatido, coge la maleta y abre la puerta. CARLA *baja la cabeza sin saber qué decir.*

ALEJANDRO: Carla, quisiera hacerte una pregunta. Una sola antes de irme.

CARLA: *(Mirándole.)* Dime.

ALEJANDRO: ¿Hay otro hombre?

CARLA: *(Se toma un tiempo antes de responder.)* No.

ALEJANDRO: ¿Nadie?

CARLA: Nadie.

ALEJANDRO: Aún es peor. Adiós.

ALEJANDRO *cruza el umbral. Al quedarse sola,* CARLA *se siente muy mal. En lugar de aliviarla, la marcha de* ALEJANDRO *la angustia. No sabe qué hacer. Al cabo de unos segundos va corriendo hacia la puerta y alcanza a* ALEJANDRO *en el descansillo.*

CARLA: ¡No! Alejandro, vuelve.

Le coge del brazo y le obliga a entrar.

ALEJANDRO: Es inútil, Carla. ¿Qué puedo hacer? ¿Pedirte perdón? Nunca podrás perdonarme.

CARLA: Siéntate. Quédate un momento, tengo algo que decirte.

ALEJANDRO *se sienta.* CARLA *cierra la puerta. Se sienta satisfecha de haberlo conseguido.* ALEJANDRO *permanece sentado, mientras* CARLA *trata de encontrar las palabras. Al cabo de unos segundos le dice:*

CARLA: Tú acabas de descubrir lo que pasó, pero yo lo sé desde hace quince días y, a pesar de ello, decidí ir a verte al hospital y traerte a casa, con pleno conocimiento de causa. Sabía que recuperarías la memoria o que yo podría contártelo todo.

ALEJANDRO: No te comprendo.

CARLA: *(Se pone de rodillas ante* ALEJANDRO.*)* Te perdono, Alejandro.

ALEJANDRO: Eso no se puede perdonar.

CARLA: Sí. Desde aquella noche, en mi fuero interno, he querido perdonarte. Y, por fin, lo he conseguido. *(Pausa.)* Te he perdonado.

ALEJANDRO *no sabe qué decir. Tras unos segundos, murmura:*

ALEJANDRO: Gracias.

CARLA *sonríe.* ALEJANDRO *también sonríe, aunque con cierta dificultad. Se levanta ante la sorpresa de* CARLA.

CARLA: ¿Qué haces?

ALEJANDRO: Me voy. Gracias por ponérmelo más fácil.

CARLA: *(Reteniéndole.)* Alejandro, no has comprendido lo que acabo de decirte.

ALEJANDRO: Creo que sí.

CARLA: Quiero que te quedes.

Le obliga a sentarse de nuevo. ALEJANDRO *no ofrece ninguna resistencia.*

CARLA: Deseo que sigamos viviendo juntos.

ALEJANDRO: Pero... pero... hace quince días querías dejarme.

CARLA: Entonces sí, ahora no.

ALEJANDRO: ¿Y, qué ha pasado desde entonces? Yo te lo diré: quise estrangularte y he perdido la memoria. No entiendo por qué has cambiado.

CARLA: *(Muy segura.)* Ya no quiero dejarte.

ALEJANDRO *se frota la nuca. Le duele. Está completamente desorientado por el cambio de* CARLA.

CARLA: Quiero que nuestro matrimonio no se rompa.

ALEJANDRO: ¿Por qué?

CARLA: *(Muy firme.)* Durante quince años he trabajado duro para que eso no sucediera. Y me siento orgullosa de mi obra. *(Corrigiéndose.)* Nuestra obra. ¿No te sientes tú también orgulloso?

ALEJANDRO: Mantener un matrimonio por orgullo es subordinarlo al amor propio, no al amor.

CARLA: Quédate.

ALEJANDRO: Lo siento, Carla, pero no te comprendo. Si me cuesta entender por qué íbamos a separarnos hace dos semanas, mucho menos puedo comprender por qué vamos a seguir juntos ahora.

CARLA: No se puede dar la espalda al destino. *(Breve pausa.)* Y tú eres mi destino. *(Con dulzura.)* Somos libres físicamente, no dependemos el uno del otro, pero sí nos pertenecemos mentalmente. Incluso aunque en algún momento no eres mi hombre sexualmente, siempre lo eres en mis recuerdos, en mis sueños, en mis esperanzas. Quizás podemos separarnos, pero nunca podremos dejarnos. Todos estos días que estuviste ausente de casa, ausente de ti mismo, sólo pensaba en ti, y te hacía partícipe de todo lo que me pasaba. *(Breve pausa.)* ¿Qué significa amar a un hombre de verdad? Significa amarle tal y como es, amarle a pesar de todo y contra todos, amarle sin que te importe lo que piensen los demás. Amo lo que te gusta y amo lo que te desagrada. Amo tus manías, amo el daño que me haces, un daño que no me molesta porque lo olvido al momento, un daño que no deja huellas. Amar es un sentimiento que te permite pasar del sufrimiento a la felicidad con la misma intensidad. Te amaba antes de que intentaras matarme y te sigo amando desde entonces. Mi amor por ti es como una nebulosa en el fondo de mi alma. Algo indivisible que no puedo alcanzar ni cambiar. Hay una parte de ti que está dentro de mí. Y aunque te fueras, seguiría estando. Tú eres mi huella y yo la tuya y ninguno de los dos puede existir sin el otro.

ALEJANDRO *la mira, alterado y confundido por lo que acaba de oír.*

CARLA: ¿Entonces?

ALEJANDRO: Entonces...

Como sigue dudando, CARLA *le suplica con la mirada.*

ALEJANDRO: Entonces..., ya que estoy aquí, me quedo.

Esta vez CARLA *toma la iniciativa y le besa apasionadamente.*

ALEJANDRO: Valía la pena quedarse. Éste no se ha parecido en nada a los otros.

CARLA: *(Contenta.)* ¿Te apetece que salgamos a tomar algo?

ALEJANDRO: A sus órdenes, mi general.

CARLA: *(Sonríe.)* Voy a cambiarme.

Sale rápida, deseando ponerse más guapa. ALEJANDRO *se queda solo. Suspira profundamente. Aunque se siente conmovido por todo lo que ha dicho* CARLA, *está lejos de sentir la misma alegría que ella. Sigue inseguro y se diría que se arrepiente de la decisión tomada. Preocupado va de un lado a otro de la habitación. Ve la cadena de música y va hacia ella. Elige un disco y lo pone. Se oye una pieza de jazz. Escucha atentamente, como si las notas le estuvieran diciendo algo. Sus ojos empiezan a brillar. Ha vuelto a recuperar su fuerza. Sabe lo que va a hacer. Vuelve* CARLA. *Se ha puesto un vestido que resalta su figura. Está espléndida.*

CARLA: *(Mostrándose a* ALEJANDRO.*)* ¿Te molesta que me haya puesto este vestido?

ALEJANDRO: Me molesta mucho.

CARLA: Genial. Es lo que quería...

Pasa cerca de ALEJANDRO *y éste aprovecha para besarla en el cuello.* CARLA *se siente feliz. Luego saca del bolso lo necesario para retocarse la cara.* ALEJANDRO *la observa.*

ALEJANDRO: ¿Esta música no te recuerda nada?

CARLA: No lo sé. No creo.

ALEJANDRO: Es la misma que se escuchaba aquella noche.

CARLA *deja de arreglarse. Siente que hay una amenaza en lo que acaba de decir* ALEJANDRO. *Y para tratar de que no se le note, vuelve a arreglarse la cara.*

ALEJANDRO: *(Recordando.)* Yo volví tarde, sobre las ocho. Todo estaba a oscuras. Pensé que aún no habías vuelto. Puse ese disco. Encendí esa lámpara, me senté en el sillón y abrí el periódico. De repente oí un ruido. Pensé que el viento había movido las cortinas. Continué leyendo y de nuevo volví a oír el ruido. Dejé el periódico. Me di la vuelta. Y tan sólo tuve tiempo de verte en la penumbra, avanzando hacia mí, con algo en la mano. Justo después recibí el golpe.

CARLA: Me viste...

Baja la cabeza. Se siente culpable. No sabe qué hacer. Nerviosa se agarra al sofá y una de sus manos tropieza con el libro. Instintivamente lo abre. Mira la página, hace un gesto y se lo da a ALEJANDRO.

CARLA: *Pequeños crímenes conyugales.* Tú mejor novela.

ALEJANDRO: Sí. ¿Quién va a matar a quién? *(Pausa.)* Nunca me habría atrevido a imaginar que uno de los dos pudiera acusar al otro del crimen que él mismo había cometido. *(Le hace una reverencia.)* ¡Bravo, esta vez has sido superior a mí!

CARLA: Cuando la violencia forma parte de la vida de una pareja, importa poco quién la manifieste.

ALEJANDRO: *(Irónico.)* Como defensa, no está mal la idea.

CARLA *se encoge de hombros.* ALEJANDRO *se le acerca y adopta un tono más cariñoso.*

ALEJANDRO: ¿A qué violencia te refieres, Carla?

CARLA: *(Explotando.)* ¡La violencia de quince años de vida en común! Violencia que se refleja en la dureza de vernos envejecer sin renunciar a nosotros; en el aburrimiento que debiera sentir y que no siento; en el temor de que me dejes; en la cruel realidad de que tú eres un hombre y yo una mujer. Los hombres envejecen mejor que las mujeres, ellos lo piensan así... y nosotras también. Tú sigues siendo un hombre brillante, sigues gustando. Las jovencitas te sonríen en la calle, mientras que ningún joven se fija en mí. ¡¿Y me preguntas a qué violencia me refiero?! Podrías pasar perfectamente de mí, mientras que yo soy incapaz de vivir sin ti.

ALEJANDRO: *(Rápido.)* ¡Eso no es cierto!

CARLA: ¡Eso es verdad!

ALEJANDRO: Te equivocas.

CARLA: ¿Ah, sí?

ALEJANDRO: Además, por eso no se mata.

CARLA: *(Muy sincera.)* ¿Qué sabes tú? No he querido matarte, sólo quería dejar de sufrir.

Se pone a llorar.

ALEJANDRO: ¿Por qué bebes?

CARLA *no contesta.*

ALEJANDRO: ¿Querías dejar de sufrir?

CARLA *asiente con la cabeza.*

ALEJANDRO: ¿Querías convertirte en una mujer fea, gorda, sin el menor atractivo? ¡¿Una mujer vieja de cuarenta años?!

CARLA *vuelve a afirmar con la cabeza.*

ALEJANDRO: ¿Querías ir de mi brazo por la calle, hinchada como un pavo real, desafiando a las demás mujeres y diciéndoles con la mirada: «Mirad, a pesar de todo sigue conmigo»?

Vuelve a asentir con la cabeza, de manera infantil.

ALEJANDRO: ¿Dices que sí? Siempre me dirás que sí...

Para tenerme contento. Para no discutir. Mejor decir que sí que afrontar la verdad. *(Pausa.)* ¿Qué te pasa? Estoy seguro de que eres incapaz de confesármelo, sino no beberías a escondidas, ni habrías querido matarme. Siempre hacemos lo que no somos capaces de decir. Sin embargo, deberías intentar decirme lo que te pasa...

CARLA *niega con la cabeza.* ALEJANDRO *insiste. Le habla con mucho cariño como si* CARLA *fuera una niña.*

ALEJANDRO: Te cuesta mucho, lo sé. Pero, sin embargo, es muy sencillo. Sólo tienes que confiar en mí.

CARLA: *(Entre lloro y lloro.)* Nuestro matrimonio...

ALEJANDRO: *(Animándola.)* Sí...

CARLA: Es muy importante para mí, para ti no.

ALEJANDRO: *(Le sigue animando.)* Eso es falso, pero continúa..., continúa...

CARLA: Para ti sólo es un contrato que te resulta práctico.

ALEJANDRO: Eso es falso, pero continúa...

CARLA: El amor caduca con el tiempo, va decayendo poco a poco hasta el ocaso final. Tú lo escribiste en *Pequeños crímenes conyugales.* ¡Terrible afirmación! Cuando lo leí, tuve la impresión de que estaba escuchando una conversación que no debía escuchar, una conversación en la que hablas mal de mí, plagada de críticas e infamias sobre nosotros, una conversación que me hacía perder mis ilusiones. ¡La decadencia del amor! ¡Las termitas! Esos insectos que se comen las vigas y las estructuras. No se les ve, no se les oye y siguen comiendo hasta que un día la casa se derrumba. Nuestro matrimonio, sin que nosotros nos diéramos cuenta, se venía abajo. La pereza había reemplazado al amor, las costumbres habían acabado con los sentimientos. Nuestro matrimonio era como una casa donde las vigas no son de madera sino de cartón o de papel *mâché*. Al principio me preferías a las demás, pero ¿sigues pensando lo mismo? Pretendes quererme, pero ¿te sigo gustando? Como soy tu mujer y siempre estoy aquí, ni te lo planteas, el dilema ha desaparecido y el deseo también. No deseas vivir conmigo porque ya vives conmigo. Ya no soy tu válvula de escape, sino tu prisión y te ves obligado a sufrirme.

ALEJANDRO: Pero yo quiero que sigamos viviendo juntos. En fin, yo quería...

CARLA: *(Cortándole.)* ¿Continuar? ¿Para qué? Tú también escribiste: «Las mujeres y los hombres sólo permanecen juntos porque se sienten impulsados por lo más bajo, lo más vil y lo más sucio que hay en ellos: el interés, la angustia del cambio, el temor a envejecer, el miedo a la soledad. Se vuelven perezosos, acomodaticios, abandonan la idea de que todavía pueden hacer algo juntos. Sólo se cogen la mano para no ir solos al cementerio.» Todo eso es lo que hace que quieras seguir conmigo.

ALEJANDRO: En cambio a ti sólo te mueven altos y bellos sentimientos, ¿verdad?

CARLA: Sí.

ALEJANDRO: ¿Cuáles, si puede saberse?

CARLA: *(Sincera y rotunda.)* Tú.

Aunque ALEJANDRO *se siente emocionado por la sinceridad y la firmeza del cariño de* CARLA, *no puede evitar ser irónico.*

ALEJANDRO: Es decir, me quieres pero me matas.

CARLA, *con la mirada fija en el suelo, murmura más para sí misma que para él.*

CARLA: Te quiero y eso me mata.

ALEJANDRO *comprende que ella está siendo sincera.*

CARLA: Aquel día lo estaba pasando muy mal. Estaba sola, así que bebí. Al principio, sólo un poco. Lo suficiente para esperarte sin angustia. Pero no venías. Seguí bebiendo. Cuanto más te esperaba, más te echaba de menos. Parecía que lo hicieras adrede. Cuanto más te esperaba peor me sentía. En esa espera, empecé a ver con claridad: si él no me dice nunca que me engaña es porque me está engañando. Si jamás me habla de otras mujeres es porque hay más de una en su vida. Si no deja ninguna prueba comprometedora es porque lo tiene todo más que calculado. Cuando bebes crees que acabas de cerrar la puerta al enemigo, pero, en realidad, lo que haces es facilitar que se instale dentro de ti, de manera definitiva, tras los cerrojos del silencio. Bebes para olvidar una idea sin darte cuenta de que la conviertes en una obsesión. La sospecha que quieres olvidar, el alcohol la vuelve más fuerte, más viva. Me convencí de que querías abandonarme. Con la primera copa me parecía probable, al acabar la botella estaba segura. Cuando llegaste estaba completamente borracha y llena de odio hacia ti. Me escondí y te golpeé.

ALEJANDRO: ¿Pensaste que estaba con otra mujer?

CARLA: *(Encerrada en sí misma.)* Eso da igual.

ALEJANDRO: ¿Pensaste que estaba con otra mujer?

CARLA: Haz lo que quieras, no me interesa saberlo.

ALEJANDRO: ¿Pensaste que estaba con otra mujer?

CARLA: Somos un matrimonio muy liberal. Tú puedes ir donde quieras, y yo también. Por favor, no vuelvas a hacerme una pregunta tan ridícula.

ALEJANDRO: ¡Así que era eso lo que tú pensabas! ¿Que te engañaba?

CARLA: ¡No seas ridículo! No intentes hacerme creer que estaba celosa.

ALEJANDRO: Pero es la realidad: ¡estabas celosa!

CARLA: *(Fuera de sí.)* ¡No!

ALEJANDRO: Vamos, no te dé vergüenza reconocer que, aunque sea un sentimiento prehistórico, estabas celosa.

CARLA: ¡Yo no soy prehistórica!

ALEJANDRO: Rectifico: eres una antigua.

CARLA: ¡Tampoco soy antigua!

ALEJANDRO: ¡Sí lo eres! Delante de los demás quieres dar una imagen muy liberal, pero en realidad no soportas la idea de que yo pueda estar con otra mujer.

CARLA: ¡Faltaría más! ¡Todo lo que digo en esas estúpidas cenas no son más que gilipolleces!

ALEJANDRO: Entonces, ¿no eres liberal?

CARLA: ¡Claro que no!

ALEJANDRO: Entonces, ¿eres celosa?

CARLA: ¡Muchísimo!

ALEJANDRO: Por consiguiente, ¿no somos un matrimonio liberado?

CARLA: Sólo en teoría. De manera muy abstracta. Entre el postre y el café. Jamás el resto del tiempo.

ALEJANDRO: No estoy de acuerdo.

CARLA: *(Furiosa.)* ¡Yo tampoco estoy de acuerdo conmigo misma! El problema es que tengo dos cerebros. ¡Sí, Alejandro! ¡Dos cerebros! El moderno y el arcaico. El moderno respeta tu libertad, está lleno de tolerancia y de comprensión, es sofisticado y abierto a todo. Sin embargo, el arcaico te quiere para mí sola, se niega a compartirte, se sobresalta cuando suena el teléfono y cuelgan, se entristece con la fragancia de un perfume desconocido, se inquieta cuando vuelves a hacer deporte o te compras ropa nueva, sospecha cuando, a la noche sonríes mientras sueñas, proyecta un asesinato ante la idea de que otra mujer pueda besarte, de que sus brazos rodeen tu cuello, que sus piernas se abran para ti... Es un reptil, de ojos amarillos por el odio, que se esconde encorvado dentro de mí. Siempre despierto, vigilando todos tus movimientos, sin descansar jamás. Ese reptil soy yo, Alejandro. Por mucho que quieras educarme, no conseguirás nunca arrancarme lo que de animal e instintivo hay en el amor.

ALEJANDRO: Carla, el matrimonio es como una casa donde viven dos personas. Las dos tienen llave. Pero si se les encierra desde el exterior, la casa se convierte en una cárcel y ellos en prisioneros.

CARLA: ¿Sabías que hay gente que sale de casa con la sola intención de escapar? Tú eres uno de ellos.

ALEJANDRO: No.

CARLA: Ves a otras mujeres, las deseas...

ALEJANDRO: Tú me haces sentirme vital, sano. Mis escapadas no son más que un estado febril.

CARLA: Pero tú te acatarras demasiado.

ALEJANDRO: Eso es lo que tú crees. No sabes nada.

CARLA: No. Pero me lo imagino.

ALEJANDRO: ¿Lo sabes o te lo imaginas?

CARLA: *(Gritando.)* ¡Me lo imagino! ¡Es lo mismo! Sufro lo mismo.

ALEJANDRO: Quizás más. *(Pausa.)* ¡Las termitas! Ahora sé dónde están: en tu cabeza.

CARLA: No puedo evitarlo. Nunca me cuentas nada.

ALEJANDRO: *(Una vez más irónico.)* Decírtelo todo no me parece correcto. Pero ya que te empeñas...

Pausa. CARLA *permanece expectante.*

ALEJANDRO: Tenías razón: esa tarde había estado con una mujer.

CARLA: *(Triunfante.)* ¡Lo sabía!

ALEJANDRO: Estuve con Federica.

CARLA: *(Desconcertada.)* ¿Federica? ¿Tu editora?

ALEJANDRO: Sí. La inmensa, la descomunal, la supergorda Federica. A quien tú llamas, cariñosamente, «la vaca suiza».

CARLA: ¿No ha nacido en Suiza?

Los dos se miran y se echan a reír. La risa no dura mucho pero les ayuda a descargar un poco el ambiente.

ALEJANDRO: Resumiendo: me declaro culpable de tu imaginación. Soy culpable. Aunque en mi proceso, que ha tenido lugar aquí, no he estado presente. No he podido defenderme. Dos botellas de whisky, escondidas detrás de mis novelas, me lo han impedido. Intentaste matarme porque en tus sueños, con el Alejandro virtual, él pasaba de ti, se reía de ti y te era infiel. El problema es que no golpeaste la cabeza virtual sino la mía.

CARLA: Perdón.

ALEJANDRO: Quizás hayas nacido para ser protagonista de historias cortas.

CARLA: *(Protestando.)* No.

ALEJANDRO: Hay algo en ti que no quiere envejecer conmigo, que desea poner fin a nuestra relación.

CARLA: Te prometo que no.

ALEJANDRO: Sí, sí. Tú prefieres las historias que puedes controlar, dominar; sin duda, no soportas el abandono.

CARLA: ¿El abandono?

ALEJANDRO: Sí. Que las cosas se te vayan de las manos. Que las situaciones te sobrepasen. Que los sentimientos sean demasiado fuertes para ti. Para que eso no ocurra las historias tienen que ser cortas. Historias rodeadas por balizas que señalan los peligros y el camino a seguir. Historias con un comienzo, una trama y un desenlace marcados por etapas bien diferenciadas. Primer intercambio de sonrisas, primer beso, primera noche, primera pelea, primera reconciliación, primer malentendido, primeras vacaciones fallidas, primera separación, segunda, tercera y, por fin, la verdadera. Después, vuelta a empezar. Lo mismo, pero con otro. A eso se llama una vida de aventuras, cuando más bien es una vida programada, en series. No es razonable quererse siempre, eso es pura locura. Éste y no otro es el racionalismo del amor: amarnos mientras tengamos ilusión y dejarnos cuando se pierda. Tan pronto como nos demos cuenta de que la persona con la que estamos es un ser real y no imaginario, es mejor terminar.

CARLA: No, yo no quiero eso.

ALEJANDRO: Entonces, para que el amor dure, hay que aceptar la incertidumbre, hay que ir avanzando por aguas peligrosas donde sólo se progresa si se tiene confianza, descansar flotando sobre las olas contradictorias de la duda, de la fatiga, a veces de la serenidad, para seguir avanzando sin perder nunca el rumbo.

CARLA: Nunca te desanimas, ¿verdad?

ALEJANDRO: Sí.

CARLA: ¿Y qué haces?

ALEJANDRO: Te miro y pienso: a pesar de mis dudas, de mis inquietudes, de mis debilidades, ¿de verdad quiero perderla?, y la respuesta es siempre la misma. Una respuesta que me transmite el valor y el ánimo para seguir. Carla, amar es algo irracional, es una fantasía que no pertenece a nuestra época. Y, sin embargo, su única justificación es precisamente el amor.

CARLA: Si algún día llegara a confiar en ti, dejaría de tener confianza en mí. Me cuesta mucho llegar a confiar en alguien.

ALEJANDRO: «Tener confianza.» La confianza no se tiene, no se posee. La confianza se da. Se confía sin más.

CARLA: Eso es lo que me cuesta.

ALEJANDRO: Porque te conviertes en juez y parte. Esperas algo del amor.

CARLA: *(Reconoce.)* Sí.

ALEJANDRO: Sin embargo, es él quien espera algo de ti. Quieres que el amor te demuestre que existe. Cuando eres tu quien debe probar su existencia.

CARLA: ¿Cómo?

ALEJANDRO: Confiando en él.

CARLA *lo entiende pero no quiere reconocerlo. Se siente insegura. No sabe qué hacer.*

CARLA: Voy..., voy..., voy a buscar mi maleta.

Mira a ALEJANDRO *buscando que él lo apruebe. Como no reacciona, ella insiste.*

CARLA: Hace quince días que está hecha.

ALEJANDRO *no se inmuta.* CARLA *sube las escaleras y, rápida, vuelve a bajar con la maleta. Se detiene delante de él.*

ALEJANDRO: ¿No puedes hacerte a la idea de que te perdono?

CARLA: *(Le mira y dice suavemente.)* Tienes mucho que perdonarme. Mis dudas..., el golpe..., mi mentira...

ALEJANDRO: *(Irónico.)* Puedo incluirlo todo en el mismo lote.

CARLA: Te he hecho sufrir demasiado.

ALEJANDRO: No me importa mi sufrimiento, si ése ha sido el precio para salvar nuestro matrimonio.

CARLA *mueve la cabeza en un gesto infantil.*

ALEJANDRO: Además, hace un momento fuiste tú quien me perdonó.

CARLA: Para mí perdonarte era fácil. Tú no habías intentado matarme.

ALEJANDRO: Lo que yo creí entender era otra cosa. Repetías: «Quiero vivir contigo», ¿no?

CARLA: Sí.

ALEJANDRO: ¿Y ya no quieres?

CARLA: No. Antes no sabías lo que había pasado. Creías que fuiste tú el que...

ALEJANDRO: *(Cortándole.)* No. Yo ya lo sabía.

CARLA *no puede creerlo. Pero* ALEJANDRO *insiste.*

ALEJANDRO: Cuando recuperé el conocimiento en el hospital, lo recordé todo. Carla, yo nunca perdí la memoria.

CARLA: ¿Cómo?

ALEJANDRO: Mi amnesia era el medio para saber por qué me odiabas hasta el punto de querer matarme. Mi amnesia era una mentira para reencontrarme contigo. Te mentí por amor.

CARLA *le mira con dureza.* ALEJANDRO, *cariñoso, continúa.*

ALEJANDRO: Lo triste es que, después de quince años de matrimonio, necesitábamos una mentira para llegar a la verdad.

CARLA: *(Furiosa.)* ¡Pues ya la sabes! ¡Ya conoces la verdad! ¿Y ahora qué? ¿Qué vamos a hacer con la puta verdad? ¡¿Qué vamos a hacer?! Yo te lo diré. ¡Nada!

ALEJANDRO: *(Suave.)* Quizás lo que no hay que compartir en una pareja no es la verdad sino el misterio. Misterio que me quieras. Misterio que te quiera. Misterio que existirá siempre.

CARLA: ¡Un día se acabará! ¡Se acabará para siempre!

Se llena un vaso y se lo bebe de un trago. Coge la maleta y se dirige hacia la puerta.

ALEJANDRO: Te perdono, Carla.

CARLA: ¡Me alegro por ti!

ALEJANDRO: Acepta mi perdón, por favor.

CARLA: *(Malhumorada.)* ¡Bravo! Eres un tipo genial. ¿Quieres que te aplauda?

ALEJANDRO: No sirve de nada que yo te perdone si tú no te perdonas.

Impactada por lo que acaba de decir ALEJANDRO, *se detiene. Furiosa, se vuelve hacia él.*

CARLA: ¿No te cansas de ser el bueno de la película?

ALEJANDRO: *(Tocándose la herida.)* Pues, la verdad, no me había dado cuenta.

CARLA: ¡Ya estoy harta! ¡Harta de que te hayas enterado de la confusión que hay en mi cabeza, harta de que me comprendas, harta de que me perdones! ¡Yo quisiera que me odiaras, que me insultaras, que me pegaras! ¡Quisiera que te sintieras tan mal como yo me siento!

ALEJANDRO: *(Le señala la botella.)* ¿Otra copa para el camino?

Furiosa por la provocación, CARLA *coge la botella, se la lleva hasta la boca y bebe hasta la última gota.*

CARLA: ¡Ya está! ¿Te parece bien?

ALEJANDRO: Me parece perfecto.

CARLA: ¡No puedo soportarte! ¡No puedo soportar que seas mejor que yo!

ALEJANDRO: Hace un rato yo era peor...

CARLA: Pues, al final, eres el mejor. ¡Y no puedo aguantarlo!

ALEJANDRO: Perdón por ser como soy.

Va hacia la puerta. Él intenta retenerla.

ALEJANDRO: Nos queremos, Carla: no podemos separarnos.

CARLA: Sí, nos queremos. Pero nos queremos mal. Adiós.

Abre la puerta.

ALEJANDRO: Carla, quiero darte las gracias.

CARLA: *(Se vuelve.)* ¿Perdón?

ALEJANDRO: Yo apenas me ocupaba de ti. Te envolví en un velo de ternura y ya no fui capaz de verte a través del velo. Ni siquiera me atrevía a preguntarte por qué bebías. La duración de nuestro matrimonio –quince años– me daba seguridad y confianza, sin darme cuenta de que el tiempo no es el mejor aliado del amor. *(Breve pausa.)* Gracias por haber acabado con un matrimonio que se iba aletargando poco a poco. Gracias por haber matado a esos seres extraños en los que nos habíamos convertido. Sólo una mujer tiene el valor de hacerlo.

CARLA *se encoge de hombros. Con el afán de retenerla,* ALEJANDRO *continúa.*

ALEJANDRO: Los hombres son cobardes, se niegan a ver los problemas que tienen, prefieren seguir creyendo que todo va bien. Las mujeres, en cambio, no vuelven la cabeza y los afrontan.

CARLA: *(Irónica.)* No olvides poner eso en tu próxima novela, ganarás muchas lectoras.

ALEJANDRO: *(Sin hacer caso.)* Carla, las mujeres afrontan los problemas pero tienen tendencia a creer que son ellas mismas el problema, se consideran responsables, culpables. Todo se lo achacan a ellas.

CARLA: Los hombres pecan de egoísmo y las mujeres de egocentrismo.

ALEJANDRO: Uno iguales. Partido empatado.

CARLA: Sí, pero a cero. Cero los dos. Me voy. Adiós.

ALEJANDRO: He vuelto, Carla. Estoy aquí. Somos de nuevo un matrimonio. Después del accidente no me volví amnésico, pero antes sí lo estaba. Amnésico porque compartía mi vida contigo sin vivirla. Amnésico porque te deseaba y sin embargo miraba a otras mujeres. Amnésico porque siéndote fiel me hubiera dejado matar antes de confesártelo. Te adoraba y olvidaba decírtelo. Tan sólo soy un hombre, Carla, y los hombres se caracterizan porque reniegan de su destino. Prefieren ser libres. Pero ¿qué es una libertad sin compromiso? Una libertad vacía, sin sentido, inconsistente. Una libertad que ni busca ni arriesga. Una libertad preventiva. Una libertad que al no usarla se seca y se muere mucho antes que ellos. Porque la libertad no existe si no hacemos uso de ella. Los hombres se imaginan una doble vida. Una vida secreta, deseada e imaginada, de la que ellos son los poetas mudos. El mismo día que compramos este apartamento ya me veía trayendo a mis amantes. En tierra quería ser marinero y en el mar constructor. Casado soñaba con ser infiel. Era dos personas, Carla. Yo y mi doble. Me sentía muy orgulloso de esa doble personalidad. Estaba contento de mi realidad y sin embargo me imaginaba en cualquier otra parte, libre de cualquier atadura. No podía decirte hasta qué punto te amaba, ni admitir que nuestro matrimonio era la aventura más maravillosa de mi vida. Si lo hubiera hecho mi doble se habría reído de mí. Pero he vuelto, Carla. Dejé a mi doble en el hospital. Cuando me golpeaste, murió. Que descanse en paz. Nadie le va a echar de menos.

ALEJANDRO *la mira como queriendo convencerla de su sufrimiento y de su verdad.*

ALEJANDRO: Te quiero, Carla. Te envidio por lo que has hecho por nosotros. Te quiero porque has podido quitarte el velo de ternura que te ocultaba de mí. Te quiero porque tienes el coraje de enfrentarte a mí. Te quiero porque intentaste matarme. Te quiero porque sigues siendo una bellísima extraña para mí. Y te quiero porque sólo harás el amor conmigo cuando tú lo desees.

CARLA: ¿Y si la próxima vez fallo y te mato?

ALEJANDRO: Si tengo que morir quiero que seas tu quien me mate. Quédate, Carla. No quiero otra mujer. No quiero otra asesina.

CARLA: Adiós.

Sale. Oímos sus pasos al alejarse. ALEJANDRO, *al quedarse solo, duda. No sabe qué hacer. Al fin se decide y apaga todas las luces, como si fuera a acostarse. Sólo deja encendida la lámpara que está junto al sillón. Va hacia la cadena de música y pone el mismo disco de jazz que escuchamos antes. Se sienta en el sillón y se queda pensativo.* CARLA *entra muy lentamente, titubeante. No trae su maleta. Avanza muy despacio y sin que apenas se le oiga.* ALEJANDRO *la oye pero no se vuelve. Espera.* CARLA *llega detrás de él.*

CARLA: Creo que he vomitado en tu coche.

ALEJANDRO *se siente feliz, pero se controla. Sin mirarla responde de manera natural, recreando el momento en que se conocieron.*

ALEJANDRO: De todas formas, no soporto su color. No es nada original.

CARLA: Ahora sí lo es.

Los dos se ríen. A partir de este momento, CARLA *dice las frases que antes dijo* ALEJANDRO *y él las que dijo ella.*

CARLA: La vida no es siempre de color de rosa.

ALEJANDRO: La vida es como nosotros queremos que sea.

CARLA *se pone delante de él. Le mira.*

CARLA: ¿Qué tipo de hombre es usted?

ALEJANDRO: ¿Tal vez el suyo?

CARLA: No lo dude ni un momento. Cuando estoy a su lado, apenas puedo hilvanar una frase, me entran sudores fríos y siento como si mi cerebro fuera a estallar. Todos los síntomas de una enfermedad llamada atracción irresistible.

ALEJANDRO: Lo siento, no conozco el remedio de esa horrible enfermedad.

CARLA: Usted es el remedio.

Los dos se sonríen.

ALEJANDRO: ¿Hay otro hombre en su vida?

CARLA: En este momento sólo usted.

Se miran con ternura, mientras cae el

TELÓN

Impreso en Talleres Gráficos
LIBERDÚPLEX, S.L.
Constitució, 19
08014 Barcelona